天使の片《かた》羽《は》

高岡ミズミ

幻冬舎ルチル文庫

CONTENTS ✦目次✦

天使の片羽《かたは》

✦カバーデザイン＝KIKURO
✦ブックデザイン＝まるか工房

イラスト・奈良千春✦

天使の片羽《かたは》

1

ついていないときというのは、得てして不運なことが重なるものだ。たとえば、ただでさえ気の重い頼まれ事のせいで他人《ひと》の反感を買ったり、探していたときにはどうしても見つからなかったくせに、不要になった途端にひょっこり見つけてしまったり。

志水貴大《しみずたかひろ》の不運は、新調したパソコンのローンが始まったばかりの今日、二年半ほど勤めていた予備校が事実上の倒産をしたと聞かされたことだった。

いつものように出勤してみると、すでにビルは閉鎖されて中には入れない状況だった。同僚たちも寝耳に水だったらしく、ぴたりと閉まった正面玄関の自動ドアの前で皆困惑し、立ち尽くしていた。

志水の不運はそれだけに留《とど》まらない。昨日、経営者である予備校の校長にすぐ返すからと頼まれて五万ほど貸してしまっていたのだ。飲み代のつけをいますぐ払わなければならないのだが、キャッシュカードを忘れた。女房にばれたくないから予備校まで届けさせるわけにもいかない。明日必ず返すから——そう言われて、近所のキャッシュディスペンサーで五万ほど下ろし、校長に手渡した。

普通なら金の貸し借りはしないのだが、経営者ということもあってまさか踏み倒されはしないだろうと安心していた。五万という金額は、志水にとって大金だ。

「……志水。おまえ、なにか聞いてたか」

先輩講師がおぼつかない足取りで歩み寄ってくる。衝撃のため顔色は青ざめ、声は震えている。

「いえ——なにも」

校長の件について誰かに愚痴《ぐち》るつもりも相談するつもりもなかった。他人に言ってもしょうがない。軽率だった己《おのれ》を反省するだけだ。

「だよな……なんだよ、これ。突然こんなことになるなんて……あんまりじゃないか」

頭を掻《か》き毟《むし》る先輩講師の気持ちは、痛いほどわかった。普段通り通勤してみれば突然ビルが閉鎖されているなど、「あんまり」としか言いようがない。

「オーナー、掻き集められるだけの金を掻き集めて雲隠れしたってさ。なにを考えてるんだ。無責任にもほどがあるだろ」

吐き捨てられた言葉に、志水もこめかみを押さえる。五万どころか給料を確保するのも難しそうだ。

「これからどうするよ」

先輩講師の独り言のような問いかけに、志水は黙り込んだ。無職になったのは志水も同じだ。これから先どうしたらいいかなど、さっぱりわからない。

「嫁になんて説明したらいいんだ」

肩を落とす彼を気の毒に思う余裕は志水にはなかった。

「とりあえず、ここに立っていてもどうしようもないので」

ビルの前に何時間いようとも現実は現実だ。校長が戻ってくるわけではないし、事態が好転するわけでもない。

それじゃあ、と先輩講師に頭を下げてビルを離れる。

容赦のない夏の日差しが、ただでさえ重くなった足取りをさらに重くする。額《ひたい》や首筋に浮かんだ汗をそのままにして、ため息をこらえて駅に向かった。

職をなくすなど、運が悪いではすまない。生きていくためには、生活できるだけの金銭を稼げる仕事が必要なのだ。少ない蓄えなどいくらもせずに消えてしまうだろう。

電車に二十分ほど揺られ、駅から徒歩十五分の自宅に戻る。

築二十年近い、木造三階建て九世帯のアパートだ。志水が二〇二号室を借りたのは大学を卒業した直後で、以来二年半の間、この部屋から予備校へ通い続けてきた。

鍵《かぎ》を開け、玄関のドアを開ける。途端に、充満した熱気が肌にまとわりつき、肺の中まで湿る。不快さに眉《まゆ》をひそめながら靴を脱ぎ、最初にすべての窓を——といっても三つなのだが——開けていった。むせ返るような熱気は幾分やわらいだものの、それでも暑いことに変わりない。

エアコンなんて気のきいたものはなく、旧型の扇風機が唯一の冷房だ。

六畳と四畳半の二間には必要最低限のものしかないのでそれほど窮屈な感じはしなくとも、夏の暑さと冬の寒さには閉口させられる。いや、冬はまだましだった。小さなストーブがあるので、着込めばどうにかやり過ごせる。

予備校への往復で汗だくになったシャツを脱ぎ、Tシャツに着替える。シャツはその手で風呂場の脱衣所の隅にある洗濯機に放り込んだ。

脱衣所を出ようとしたとき、たったひとつの鏡に映った自身の顔が目に入って足を止めた。カットしただけの髪は、もう一ヶ月以上散髪に行っていないので額にかかって鬱陶《うっとう》しい。前髪を掻き上げ、同じ手で眼鏡《めがね》を外して手近にあったティッシュを一枚抜き取ると、熱気でくもったレンズを拭《ふ》いた。

奥二重の目の下がやや青く見えるのは、疲労ではなく常のことだ。皮膚の下の血管が透けて見えるのだろうが、神経質な印象を他人に与える。面長《おもなが》の輪郭と細い鼻梁《びりょう》は父親譲りらしいが、父は無精髭《ぶしょうひげ》を生やしていたせいもあり、志水よりはずっと精悍《せいかん》な容姿だった。

暑さのせいで若干紅潮した頬《ほお》を左手で擦《こす》り、眼鏡を鼻に戻す。

脱衣所を出た志水は窓際に向かい、途中コンビニに寄って買った缶コーヒーのプルタブを引いた。喉《のど》を滑っていく冷たいコーヒーに人心地つく。

窓から見える風景は、都内とは思えないほど長閑《のどか》なものだ。大学が近くにあるせいかビルや住宅街からは遠く、緑も多い。スーパーやコンビニ、レンタルビデオ店、ファミレスなどは近くにあるので、生活するには便利な場所だ。

夜中、羽目を外した学生の奇声がうるさいときもあるが、二年半もたてば厭《いや》でも慣れる。住めば都とまではいかないものの、特に不満はない。

横木に腰かけた志水は、予定外に空《あ》いてしまった時間を無駄にすまいと同じくコンビニで手に入れた求人雑誌をめくる。起こってしまったことは仕方がないのだから、今後の生活について冷静に考えるつもりでいた。

居酒屋の皿洗い、レンタルビデオ店やコンビニのスタッフ、スーパーの荷下ろし。募集記事はいくらもある。

贅沢《ぜいたく》を言っている場合ではないので、早々に決めなければならないだろう。五万五千円の家賃を払っていくには、正式に職が見つかるまでの繋《つな》ぎにバイトをして食いつなぐしかない。

「……まいったな」

泣き言が口をついたとき、卓袱台《ちゃぶだい》の上に置いた携帯電話が鳴り始める。缶コーヒーを卓袱台の上に置いた志水は携帯を拾い上げ、相手を確認した。

高校時代の友人だ。

「ああ——忘れてた」

その名に、同窓会の案内葉書が届いていたことを思い出す。返信しなければと思いつつ放置して——確か棚の上に置きっぱなしになっているはずだ。

棚に視線をやりながら通話ボタンを押し、携帯を耳に押し当てた。

『久しぶり』

友人、太田《おおた》は相変わらず元気そうだと声から察せられる。学生時代から賑《にぎ》やかな男で行事には必ずと言っていいほど実行委員に名乗りを上げていた性格は、大人になってからも健在らしい。

「久しぶりだな。元気そうじゃないか」

『ああ、元気元気。おまえは？』

「——元気にやってるよ」

答えるまでに一瞬の間があく。身体《からだ》はいたって健康体だが、心中も同じとはいかなかった。たったいま職を失ったばかりだ。

『そういや、予備校で英語教えてるんだって？　いま平気？　時間ある？』

「ああ」

正確には、「教えていた」だ。

『最近は学校の先生やるより儲《もう》かるんだろ？　予備校ってのは。羨《うらや》ましいなあ』

しみじみとこぼす太田に、志水は苦笑した。

「よく言うな。社長さんが」

太田が高校卒業と同時に家業である板金会社を継いだことを思い出し、切り返す。

ため息が返ってきた。

『従業員が家族だけでも社長は社長ってか。こう不景気じゃ、ほんと頭痛いよ』

そうだな、と同意する。頭が痛いのは、志水も同じだ。いや、すでに失業中なので志水のほうが事態は深刻だろう。

『それでさあ、いろいろ迷った末にさ。社長自ら、副業に走ってしまったわけよ』

太田の話は長引きそうだ。いつもの志水ならば適当に理由をつくって電話を切ってしまうところだが、生憎《あいにく》と時間ならたっぷりある。懐かしい友人と話をするのは、いい気分転換にもなった。

「副業って?」

『高校生の家庭教師。しかも野郎。松山《まつやま》が塾やってんじゃん？　そのつてで回してもらった仕事なんだけどさ。これが大変っていうか、疲れるっていうか——ようはムカつくわけよ、そのガキが』

松山というのも高校時代のクラスメートだ。志水はほとんど交友がなかったのだが、太田は誰とでも仲良くやれる性格なのでいまだ松山とつき合いがあると聞いてもそれほど驚きはしない。

「生意気なんだ?」

『生意気？』

太田は、ふんと鼻を鳴らした。

『生意気なんて言ったら、生意気という単語に申し訳ないくらいだね。くそガキだよ、くそガキ』

よほど腹に据えかねているのか、太田がこれほど他人を貶《おとし》めるのはめずらしい。高校生はえてして生意気なものだが、ここまで太田を憤慨させるのだから相当な悪ガキのようだ。

「大変だな」

志水も講師をしているのでまったくわからない話ではなく、同情する。

太田は舌打ちをすると、「だっただよ」と鼻息も荒く吐き捨てた。

『それも今日限りだ。今日行ったら、一身上の都合でやめると言うつもりだ。謝礼がべらぼうにいいもんで勿体《もったい》ない気持ちはあるんだけど、俺、絶対そのうちそいつ殴っちまう。そうならないうちにやめるよ』

「——そうか」

怒っている太田には悪いが、勿体ないと思ってしまう。やめるのなら、自分に回してほしいくらいだ。

『おまえの予備校に行けって言ってやるか。あの調子じゃ、誰が家庭教師になっても厳しいだろ』

太田は、まるで志水の考えが伝わったかのごとくそんなことを言い始める。責任感のある男なので、やめると言い放ちながらもまったく知らん顔はできないのだ。

「ありがたいけど」

本気で紹介されても困るので、不承不承口を切る。

「じつは、予備校が潰《つぶ》れたんだ。今日」

『え――嘘《うそ》だろ』

太田が頓狂《とんきょう》な声を上げる。吃驚《びっくり》するのも当然だ。軽い気持ちにせよ紹介すると持ちかけた途端に、潰れたなどと重い事実を打ち明けられたのだから。

やはり言うべきではなかったかと後悔の念がよぎったとき、太田は言いにくそうに尋ねてきた。

『じゃあ、おまえっていま時間に余裕あるんだ?』

無職かと聞かないところが太田らしい。そうだなと志水は答えた。

『ならさ、おまえが俺の後を引き継いでくれねえ? ムカつくガキだけど、高三だし、一度引き受けておいて途中で放り出すのもどうかって引っかかってたんだよな。おまえって、何事にも動じない性格じゃん? おまえなら、あのくそガキでもうまくあしらえそうな気がするよ』

「――――」

志水にとっては渡りに船のような話だ。不運続きの中、一筋の光明にすら思えた。くそガキだろうがなんだろうが、ようするにこちらはやることをやればいいだけだ。

「俺は構わないけど、先方は納得するか？」

『するする。なんつーても、今年に入って俺で六人目だって言ってたくらいだし。俺から親に話を通しとくよ。いや、マジでおまえなら安心だわ』

声を弾ませる太田に、志水も胸を撫《な》で下ろす。次の職が決まるまで、とりあえずの繋ぎは見つかった。

「それなら、遠慮なく受けるよ。どこにいつから行けばいい？」

志水の問いに、太田はざっと説明する。

月、火、木の週三回、七時半から九十分。謝礼は一回一万円で月曜日ごとに三万円ずつ手渡されるという。一ヶ月もたない家庭教師がいたために一週ごと現金でというスタイルになったという。一回一万という破格の謝礼もそうだが、週ごとというのもいまの志水にはありがたかった。

『住所はあとでメールするよ。ほんと、助かった』

「俺のほうこそ」

『――あ、肝心なこと忘れるところだった。葉書、出席に丸つけて早く出してくれよ。出席だぞ』

同窓会には出ないつもりだったが、仕事をくれた太田に請われれば受けるしかない。わかったと返事をして、志水は電話を終えた。

棚に近づき、葉書を手に取る。ついでに抽斗《ひきだし》を開き、通帳を取り出した。

卓袱台に座って、今度は忘れないうちにと必要事項を書き込んでいく。日時は二週間後で、場所は居酒屋だった。

書き終えると、ペンを置いたその手で通帳をぱらぱらとめくる。

残金、九万七千二十三円。昨日電気代が引き落としになっているはずなので、さらに数千円減っているだろう。

生活はけっして楽ではなかった。だが、悲観してもしようがない。職を失った当日に仕事が見つかったことを幸運だと喜ぶべきだ。文句など言っている状況ではないのだから。

志水の両親は、志水が大学を卒業する直前の二月にふたり同時に亡くなってしまった。父親が母を道連れにして自殺したのだ。

母はバスルームで首を絞められて息絶えていた。父親は隣接する仕事場で首をくっていた。第一発見者は、志水だ。

親戚縁者は皆地方に住んでいるため、たまに父方の叔母と電話で話す以外はほとんど交流がない。志水は天涯孤独も同然の状況になった。

もっとも近くにいたとしても頼るのは無理だ。葬儀の席で初めて知ったのだが、父は実妹に三百万ほど借金をしていた。

なぜ一言でいいから会社が危ないことを教えてくれなかったのかと嘆いた志水に、叔母は沈痛な面持ちで、言えなかったのよとこぼした。先生になるって決めていた貴ちゃんに負担をかけたくなかったんでしょう、と。

確かにそうかもしれない。父の性格を考えれば、どれほど苦しくても自分でなんとかしようと努力するだろう。だが、死んでしまってから聞かされたこちらの身になってほしいと責めたくなるのも志水の正直な気持ちなのだ。

もし話してくれていたなら、手伝うことができた。父ひとりではなく、ふたりで努力することができた。死んでしまってはすべてが遅い。

父親は、裸一貫から志水建設を興した職人気質《かたぎ》の精力的な人間だ。何事にも前向きな男で、曲がったことがなにより嫌いだった。

そのため時折暴走しそうになる父を、それとなく母親がフォローしていた。息子の目から見ても似合いの夫婦に見えた。

なぜ自殺という選択をしたのか。いまだ志水には父親の気持ちが理解できない。しかも母を道連れにするなど、生前の父からはとても考えられなかった。追い詰められて正気を失っていたと言われれば、それまでなのだが。

卓袱台の上の携帯が鳴る。太田からのメールだ。

開いてみると、住所や最寄り駅、目印になる建物などが書かれていた。大きな家だからすぐにわかるという。

最後に、明日から早速頼むとつけ加えられている。力こぶの絵文字つきなのが太田らしい。

「加治陽一《かじよういち》、か」

くそガキだと太田は言っていた。家庭教師が居着かず、代わるたびに謝礼の金額が上がっていき、週ごとになったという。

どれほどの「くそガキ」なのか、実際に顔を合わせてみないことにはなんとも言えないが、次の働き口が見つかるまではなんとしてもつき合ってもらわなければ困る。先月買ったパソコンのローンは始まったばかりだし、少額ずつだが叔母に返済する金もいる。なにより、自分が生きていくために収入が必要だった。

志水は通帳を抽斗に戻し、洩《も》れそうになるため息を押し殺した。どれほどため息をつこうと嘆こうと、どうにもならない。受け入れて乗り切っていくだけだ。それが現実である以上、逃げるわけにはいかなかった。


太田の言った通り、加治の家はすぐにわかった。

親は会社を経営していると聞いたが、随分儲かっているらしい。

近辺の住宅の中では格段に広い敷地の加治宅は、周囲を石塀にぐるりと囲まれ他人を寄せ付けない雰囲気だ。いまは閉じられている両開きの大きな門扉の左上にはそれを証明するかのように、防犯カメラが設置されている。

表札には、父親の名だろう加治誠一《せいいち》と書かれていて、志水は表札とカメラを確認した後インターホンのボタンを押した。

『どなたですか』

女性の声が返ってくる。喉の奥で咳払《せきばら》いをして、志水ですと名乗った。

「今日から陽一くんの家庭教師に来させてもらいます」

太田が話を通しておくと言っていたので大丈夫だろうと思い、最小限の自己紹介に留める。

相手は一拍の間の後、はいと返事をした。

『お待ちください。いま開けます』

母親だろうか。それとも家政婦か。これほどの豪邸ならば家政婦のひとりやふたりいても不思議ではない。

しばらく待つと、門扉の横の木扉が開く。現れた五十代の女性は、白髪の混じった髪を両手で撫でつけながら、皺《しわ》の多い窪んだ目で一瞬の間に志水を値踏みした。

割烹着《かっぽうぎ》を身につけているところを見ると、やはり家政婦のようだ。痩《や》せぎすの彼女の指は、まるで枯れ枝のように細く乾いている。

愛想の悪い家政婦に、志水は目礼した。

「太田くんから引き継がせていただきました、志水です」

再度名乗ると、家政婦が頷《うなず》く。

「お聞きしております。どうぞ」

身体を引いた家政婦の視線を浴びながら、志水は扉の中へ身を入れた。外観から受ける印象を裏切らず、広く立派な庭だ。松や楓《かえで》が植えられ、敷きつめられた玉砂利のところどころに岩が埋まっている。石灯籠《いしどうろう》の奥には池が見えた。まるで料亭のような雰囲気だ。

家政婦の後ろを追いかけて石畳を進み、玄関に向かった。

家政婦が両手で格子戸を開ける。石の三和土《たたき》には塵《ちり》ひとつない。一抱えはありそうな壺《つぼ》と畳一畳分の日本画に迎えられた志水は、いったいどれほど値の張るものなのだろうかと下世話な想像をしつつ、靴を揃《そろ》えた。

「こちらです」

案内され、左に折れてすぐの階段を上がる。中段までいったところで、声が耳に届いた。

「はあ？　マジでうざいって。どうせそいつもすぐやめちまうだろ。無駄だっての」

どうやら「そいつ」というのは志水のことらしい。聞かれてもいいと思っているのか、それともわざとなのか遠慮のない大音声だ。

「その奥の部屋です」

家政婦は眉ひとつ動かさずに階段を上がったところで足を止めると、角の部屋を示した。これ以上近づくのは禁じられているとでも言わんばかりに、志水だけを促す。

志水は部屋の前まで行くと、ドアをノックした。

返事はない。

「つか、勉強なんてする気ないんだよ。勉強と教師ほどこの世で嫌いなものはないって言ってんのにさ」

中からはっきり聞こえてくる陽一の声に、短い息をつく。確かにこれは「くそガキ」だ。迎え入れてくれるのを待っていても埒《らち》があかないので、もう一度強くノックをしてからドアを開けた。

冷暖房完備の部屋は肌寒いほどだ。浮いた汗があっという間に引いていく。

タンクトップにジーンズ姿の陽一はベッドに胡座《あぐら》を掻き、こちらに背中を向けていた。ドアが開いたことに気づかないのは、片耳を塞《ふさ》いでいるヘッドホンのせいだった。

陽一の前には、DSまである。

「あ？　なに。よく聞こえねえ」

音楽を聴きながらゲームをし、あげく携帯電話で友だちと話をするなどどこの聖徳太子だと心中で呆れる。志水は無言でベッドの横にあるコンポに近づくと、ヘッドホンのプラグを引き抜いた。

大音量のヒップホップが室内に響き渡る。スイッチを切り、音楽を止めた。

「な、なんだよっ。あんた」

初めて侵入者に気づいた陽一が、志水に向けた目を見開く。が、いったい誰だと驚愕《きょうがく》したのは一瞬で、その眦《まなじり》が険しさを映し出し吊《つ》り上がった。

「誰が入っていいっつったよ」

挨拶《あいさつ》をする前から、喧嘩《けんか》腰で嚙《か》みついてくる。洩れ聞こえてきた会話から陽一は勉強と教師がなにより嫌いらしいので、この程度の悪態は予想の範疇《はんちゅう》だ。

「誰も。けど、僕もドアの前に立つためにここに来たわけじゃない」

机の上は散らかっている。漫画やグラビア雑誌、ガムやチョコレートの食べかす。高価なノートパソコンが勿体ない。

床に置かれた液晶テレビの前にはプレステがあり、誰しも羨むほど至れり尽くせりの夢のような部屋だ。これでは勉強などする気にはなれないだろう。

「勉強を教えにきたって?」

陽一は口許《くちもと》に生意気な笑みを引っかけた。

「悪いけど、こっちにその気はないから。あんたもさっさとやめて他の生徒捜したほうがいいんじゃね? やる気のない奴《やつ》教えたって、つまんねえだろ」

陽一は言葉通りやる気をまったく感じさせない様相で首を回した後、携帯を耳に戻す。が、すでに切れていたようで、舌打ちをしてベッドに放り投げた。

ごろりと横になり目を閉じる。あくまで志水に仕事をさせないつもりらしい。勝手に振る舞うというなら、こちらも好きにするだけだ。

「一学期の成績表を見せてもらえないか」

寝ころぶ陽一を見下ろして告げると、陽一は目を瞑《つぶ》ったまま机を指差した。

「勝手に見れば」

許しを得たので、机の上を物色する。雑誌を避けていくと、成績表が現れた。

中をチェックする。こちらは予想を遙かに超えたひどい成績だった。陽一の通う私立高校は、進学校としては中の下、もしくは下の上に位置づけられる。その中にあって高三の夏休みで下から一割の成績ならば、進学を諦《あきら》めたほうがいいとあえて厳しい言葉で指導するところだろう。

しかも、半年で成績を上げるのは並ならぬ努力が必要になるというのに、本人はまるで勉強する気がないときている。状況は最悪だ。他の生徒を捜したほうがいいという陽一の言い分はある意味正しかった。

「なるほど」

志水は机の上の雑誌やゴミを片付け、持参した参考書を重ねた。念のためと用意してきた中学英語の参考書が役に立ちそうだ。

「椅子《いす》に座ってくれないか。この成績では一刻の猶予もない」

志水の要求にも陽一は安穏と寝返りを打ち、欠伸《あくび》をした。

「いいじゃん。べつに入れるところに入ればいいんだし」

どうやら進学する意思はあるようだ。おそらく、まだ遊びたいとか他にやりたいことがないとか、そんな理由で大学にいくつもりだろう。

陽一のような学生がいないわけではなかった。高校生で自分の将来を決めるのは難しい。とりあえず大学に入って、それからやりたいことを見つけるというのもありだと志水は思っている。もとより選択肢を広げるためには多少なりとも成績を上げるのが大前提になるが。

「ベッドから起き上がる気はないと？」

そうだねと気怠《けだる》い声が返る。「くそガキ」ではあるが、志水を無視するわけではない。

家庭教師がうざいと愚痴をこぼせる友人がいるようだし、捻《ひね》くれてはいるが自分の殻に閉じこもるタイプでもなさそうだ。

明るい色に脱色された髪を見下ろす。志水を避けるように背けられた横顔はなかなか端整だ。最近の言い方をすれば、イケメンの部類に入るだろう。

鼻筋はまっすぐで、二重の目と細めの顎《あご》にはまだ少年らしさが残っている。日に焼けたやや浅黒い肌と右耳だけのピアス、整えられた眉がいかにも若者風で、志水が勤務していた予備校にも同じようなファッションをした生徒が何人もいた。

寝そべっている姿から推察すると、身長は志水よりも五センチ程度は低い。百七十二、三センチあたりか。

体重はおよそ六十キロ、足のサイズは二十七センチ。

陽一を観察し終えた志水は中学英語の参考書を机からベッドの上へ、陽一の顔のすぐ傍《そば》に広げ直すと自身も床に座った。

「はあ？　なんのつもりだよ」

陽一が上半身を跳ね上げる。先刻までのように胡座をかくと、険を含んだ眼光で志水を威嚇した。

「うぜえ。やらねえって言ってるだろ」

ああ、と志水は相槌《あいづち》を打つ。

「きみの意見は聞いた。僕は僕のやりたいようにやるだけだ」

それを受け入れるかどうかは、陽一が決めればいい。

「世界史や地理はとにかく憶《おぼ》えていくしかない。英単語も同じだ。それから数学の公式、これも憶えること。次回来るときに役に立つ本をいろいろ持ってくるから、記憶ものは常から自分で努力してもらう。僕とは主に英語の長文をやっていこう。理数を教えてくれる家庭教師は？」

口早に告げると、呆気《あっけ》にとられたのか陽一は志水を凝視しかぶりを振る。

「そうか。理数の家庭教師も必要になるが、決まるまで僕でよければ合間にやっていこう。時間がないから、効率よくこなしていかなきゃならない」

言いたいことを連ね、返事を待たずに手順通りに始めていく。

ぽかんと口を開いたままだった陽一は、ややあって眉をひそめた。唾《つば》を飛ばして志水に食ってかかる。

「なんのつもりだよ！　意味わかんねえ！」

手で払った参考書がベッドの下に飛び、弾みで志水の眼鏡も外れて床に落ちた。

「……あ」

陽一はしまったと顔を歪《ゆが》める。苛立《いらだ》ちまぎれに反抗してみたものの、参考書が志水に当たるとは思わなかったようだ。

意外に素直な反応に、志水は黙って眼鏡を拾い鼻に戻すと、参考書をベッドの上に広げ直した。

「きみが勉強が嫌いで、僕にやめてほしいという気持ちはわかった。でも、僕にも事情がある。僕はやめないし、やる以上はできる限りのことをするつもりだ」

陽一を見据える。陽一は志水を睨《にら》んでいたが、舌打ちをして目をそらす。

ぶすりとふて腐れた顔をする陽一に構わず、志水は勉強を再開した。

今度は反抗しない代わりに、志水を完全に無視する。携帯を弄《いじ》り始めた背中に向かって教えるのは馬鹿らしいが、金を得る以上、手を抜くわけにはいかなかった。

一時間半延々と背中に喋《しゃべ》り続け、

「三十ページから三十三ページまでの問題を次の木曜日までに解いておいてくれ」

問題集のページを赤丸で囲みながら課題を出した。真面目にやるかどうかは本人次第だが、この調子ではあまり期待は持てない。

荷物を鞄《かばん》にしまうと、志水は床から腰を上げた。

「それじゃあ、木曜日に」

結局、陽一は背中を向けてから一度も志水を見ず、一言の言葉も発しなかった。

階段を下りていくと、下で家政婦が待っていた。その背後から、四十前後の品のいい女性が歩み寄ってくる。白いブラウスにグレーのタイトスカートを身につけた女性は、憂いのある面差し——と言えば聞こえはいいが、地味な印象のうえに表情も乏しい。

金持ちにしては服装が質素だし、襟足でひとつにまとめたヘアスタイルも古臭い。赤い口紅でも引けば結構美人だろうにと思いつつ、志水は女性に頭を下げる。

「今日から陽一くんの家庭教師をさせていただく、志水です。もし履歴書が必要ならば、次回持ってきます」

女性は、陽一の母親だと一目でわかった。今時の若者である陽一と地味な母親の印象はまったくちがえども、顔立ちに共通点がいくつもあった。

鼻、唇、顎の形。陽一は母親似だ。

「お世話になります――あの、陽一は……いかがですか」

不安そうに窺《うかが》ってくるのは、これまでの家庭教師同様に志水もすぐにやめてしまうかもしれないと危惧《きぐ》してのことだろう。

「そうですね。きっとまだ自分の進路が決まっていないんでしょう。決まればきっと、やる気も出てくると思います」

当たり障りのない言い方をする。安堵《あんど》の表情になった母親は、深々と頭《こうべ》を垂れた。

「よろしくお願いします」

実際の陽一の姿を見たなら失望してうろたえるにちがいない。が、母親にすべてを話す必要はない。

肌が青白く、健康的とは言い難い母を案じれば、息子もあんな生意気な口はきけないはずだ。

「こちらこそよろしくお願いします。明後日、木曜日にまたお伺いしますので」

一礼をして、加治家をあとにする。去り際に二階の角部屋を見上げると、カーテンに人影が映っているのが見えた。が、それもすぐに消え、志水は苦笑いする。

母親に余計なことを言ったのではと心配していたのか。

志水の眼鏡を飛ばしたときも微《かす》かではあるが狼狽《ろうばい》していたし、中身は口ほど捻くれてはいないようだ。金持ちの息子には金持ちの息子なりの悩みや葛藤《かっとう》があるようだと、少年らしさの残る面差しを思い出す。

加治家を離れ、駅に向かって歩く。

昼間の熱気はやわらぎ、夜風は頬に心地いい。シャツの襟を指で引っ張り胸元にも風を入れながら空を見上げれば、半月と星が白く瞬《またた》いていて、明日も快晴で暑くなるだろうと予測できた。

鞄の外ポケットが震え出す。携帯を取り出してみれば、太田からだった。

志水が出ると、思った通り太田は開口一番でどうだったのかと心配そうに尋ねてきた。

「どうもこうも。こういうのを暖簾《のれん》に腕押しっていうのかな」

電話口で笑った志水に、太田は驚きとも呆《あき》れともとれる声を上げる。

「なんだよ」

『いや、あんな生意気なくそガキ相手に笑えるなんて、やっぱりおまえは余裕あるなって思ってさ』

たぶん余裕とはちがう。むしろ後がないから、笑うしかないのだ。

『うぜえって吐き捨てて、音楽聴き始めなかったか？　それともゲーム？　ああ、携帯か』

「全部だな」

志水の答えに、携帯電話の向こうで太田が唸る。

『じゃあ、帰れって言われたか？』

「ああ」

『給料泥棒っていうのは？』

「それはまだだ」

次回は言われる覚悟をしたほうがよさそうだ。

『あれが一番ムカついた。こっちは一生懸命やってんのに、給料泥棒って言葉知ってるかときた。あげく、プライドないんだ、だと』

口にしているうちに思い出したのか、語気がやや荒くなる。太田は正義感にあふれた熱い男だ。「給料泥棒」も「プライドがない」も、許せない言葉だったのだろう。陽一にしても、わかっていてその言葉を選んでいるのだ。

「聞いといてよかった。木曜日は腹をくくっていくよ」

どんな理不尽な言葉を浴びせられようと、志水はやめるわけにはいかない。相手にしないよう、適当に聞き流すのが得策だ。

志水の返答に、太田がため息をこぼした。

『まったく、どうやったらあんなくそガキに育つのかね。一ヶ月通ったけど、これっぽっちもいいところは見つけられなかったぞ』

「災難だったな」

相槌を打ちながら、陽一のいいところを考えてみる。生意気で投げやりで、他人に対してもそれを押しつけてくる陽一の、いいところ。果たしてあっただろうか。

志水は、口許を綻《ほころ》ばせた。

ひとつあった。横柄な言動を取ってはいたが、終始志水の様子を窺っていた。背中を向けていたときですら、微かな反応を返していた。

案外可愛《かわい》いところがある。

『志水？』

黙り込んでしまったせいで、太田が怪訝《けげん》な声を聞かせる。

「なんでもない。とにかく、頑張ってみるよ」

最後にそう言うと、太田との電話を終えて携帯を鞄にしまった。

ちょうど駅に到着する。電車に三十分ほど揺られてアパートの自宅に戻ったときにはすでに十時近く、遅い夕飯をとるために炊飯器のスイッチを入れてから、ざっとシャワーを浴びた。

ご飯が炊けるまでの間に、押し入れの段ボールの中から陽一と約束した暗記本を数冊探し出す。今年の初め、基礎がまるでできていない生徒のために購入したものが、ふたたび役に立つことになった。

もっとも、彼はやる気に満ちていたので見る間に成績が上がり、現在は国立大学を目指して猛勉強中だ。

「…………」

今回の件で生徒たちはきっと動揺したにちがいない。普段通り予備校に来てみると、いきなり閉鎖されているのだ。

貴重な夏休み期間にこんな事態に陥って、しばらくは頭を切り換えるのが難しいだろう。担当している生徒に電話をしてみようか、ふと浮かんできた考えを、志水はすぐに打ち消した。

無職の志水にとって携帯電話の料金は馬鹿にならない。五十人もの生徒ひとりひとりに電話をかければ、かなりの出費になってしまう。

生徒たちはすぐに次の予備校を見つけ、うまく対処していくはずだ。自分を納得させ、携帯電話から目を外した。

炊飯器が機械音を奏でた。

鍋に湯を沸かして、レトルトカレーを温める。水とスプーンを卓袱台に置き、五分待ってから皿にご飯とカレーを装った。

暗記本を片手に、黙々とスプーンを口に運ぶ。確実に憶える必要がある箇所に黄色の蛍光ペンでラインを引いて手渡したとき、彼は志水に感謝し、闘志を瞳《ひとみ》に滲《にじ》ませた。

陽一から感謝と闘志を得るのは難しそうだ。

スプーンを置き、ラインに加えて赤ペンで間違えやすい熟語を書き込む。どうやって区別したらいいか、ちょっとした語呂《ごろ》合わせも書いておいた。

カレーをすべて腹に収めてからも二時間ほど作業を続け、残りは翌日に持ち越す。隣室の和室に布団を敷いて、電灯を消し横になった。

明日は家庭教師がないので、予備校をいくつか回ってみようと決める。簡単に職が見つかるとは思っていないが、なにもしないよりはましだ。

目を閉じると、まもなく睡魔が訪れる。深い眠りと浅い眠りをくり返す。

志水は家の玄関の前に立っていた。

卒業を待つばかりの二月。友人とともに車で北海道に卒業旅行に出かけて戻ってきたのだ。

「ただいま」

不用心にもドアの鍵は開いていた。声をかけても返事はない。夕方六時、いつもならばリビングダイニングから母親が顔を覗《のぞ》かせ、おかえりと笑顔で迎えてくれるはずだ。

普段使っている母親の靴は三和土にあるので、留守ではないだろう。首を捻りつつ、薄く開いていたリビングダイニングのドアを右手で押す。

室内はしんと静まり、物音ひとつしない。キッチンにも母の姿はなかった。

作りかけの肉じゃがが、鍋の中で冷えていた。今夜はカレイの唐揚げの予定なのか、小麦粉をまぶしたカレイがバットの中に放置されている。

夕飯の支度を放り出してキッチンを離れるなど、母らしくない。いったいどこにいるのか。

急用ができて他の靴を履いて外出したのかもしれない、そう思おうとしたが、なぜか胸騒ぎを覚えてリビングを出る。

「——母さん？」

襖《ふすま》を開ける。和室はがらんとしている。隣の洋間、向かいの客間と順に捜していく。トイレをノックした。反応はない。ドアを開けても母の姿はトイレにはなかった。

「なにやってるんだ、僕は」

母親を捜し回るなんておかしい。わかっているが、一階と二階、すべての部屋を覗く。

残っているのは、バスルームだけだ。

バスルームのドアに手をかけた志水は、先刻から聞こえていた雑音が自分の心臓の音だと気づく。馬鹿馬鹿しいと思いながら、妙に緊張していた。

静かにドアを開ける。

母はそこにいた。浴槽《よくそう》の中で身体をふたつ折りにして。

両目を見開き苦悶《くもん》の表情を浮かべているのは、首を絞められたせいだ。母の首には紐《ひも》の跡がくっきりと残っていた。

息をしていないことは一目でわかる。母の身体は硬直し始めていた。

目の前の光景が信じられず、声すら出ない。それどころか、近づくこともできなかった。

父は——父は知っているのか。

今日は会社が休みだと気づく。父はどこに行ったのだろう。

母を見つめていた志水は、ゆっくりと後退《あとずさ》りした。鉛がぶら下がったかのような重い足を動かし、外へ出る。隣接する建設会社に向かった。トラックの横を通り抜け、事務所に近づく。が、途中で資材倉庫の扉が開いているのが目に入ってきた。

倉庫に誰か入ったのだ。

靴先を事務所から倉庫へ変える。ゆっくりと近づき、開け放たれた扉から中を確認した。

「…………」

天井からぶら下がったロープの先に、父がいた。眼球は飛び出し、口から舌が垂れ下がり、顔は涙や鼻水、涎《よだれ》で濡《ぬ》れていた。

自分の父親とは俄《にわか》には判別できないほど、凄《すさ》まじい形相だ。

指先が冷たく凍える。血の気が引き、足許がよろめく。眩暈《めまい》を覚えて頭を抱えた志水の肩に、優しく手が置かれた。

「叔母さん……」

頭から両手を離した志水が見たのは、沈痛な面持ちの叔母だ。叔母は喪服に身を包み、つらいわね、と声を震わせた。

「兄さんは……どうしてこんな真似を……っ」

叔母の目から涙がこぼれる。それを合図に、周囲からもすすり泣きが聞こえ始める。

葬儀の席だ。

黒いスーツに黒いネクタイをした志水は、参列者の顔を端から見ていく。親族、会社の従業員たち、着付けを習っていた母の友人、父のゴルフ仲間。

志水も面識のある人たちが、声を押し殺し泣いていた。

「兄さん、会社が不渡りを出したことがよほどショックだったのね」

「え」

不渡りとはどういうことだろう。志水はなにも聞いていない。

「うまくいってなかったんですか」

叔母はハンカチで涙を拭いて、頷いた。

「ええ。私も三百万ほど貸したんだけど、焼け石に水だったみたいね」

「……そんな」

知っていたなら、悠長に卒業旅行など行かなかった。どこにも行かなかったなら、父は母を手にかけなかったし、自害もしなかったかもしれない。

「なぜ一言も言ってくれなかったんだ」

黙って逝った父を恨みたい気持ちで吐き捨てれば、叔母がかぶりを振った。

「言えなかったのよ。先生になるって決めてた貴ちゃんに、負担をかけたくなかったんでしょう」

「――――」

これは夢だ。早くこんな悪夢から覚めなければ。

立ち尽くした志水は、一刻も早く目が覚めることを必死で願う。

覚めろ。覚めろ。早く。

目を覚ませ。

「……ぅあっ」

自身の発した声に驚愕し、飛び起きる。志水は、和室に敷いた布団の上でびっしょりと汗を掻いていた。

真っ暗な部屋に、志水の荒い呼吸音が響く。久しぶりに見た夢に鼓動は乱れ、速いリズムを刻んでいる。握りしめた手は心なしか震えていて、二年半もたったというのに自分が少しも忘れていないのだと思い知らされた気分だ。

あの瞬間のショックは、いまだ生々しい。

どうして無理心中など図ったのか。問い詰めたくてもすでに父はいないので、わだかまりとなってずっと残っている。

起き上がった志水は台所で濡らしたタオルで顔や首筋の汗を拭《ぬぐ》い、冷蔵庫から取り出した麦茶をコップに注《つ》いだ。

冷たい液体が志水を正気に返らせる。夢を見て飛び起きることが無駄な行為だと判断できる程度には、冷静になれた。

父がなぜ無理心中を図ったか。いまとなっては誰にもわからない。答えられる唯一の人間がいなくなってしまった。

志水が考えるべきは、叔母への借金を返すこととこの先自分が生きていくこと。すんだ過去をどれほど悔やんでも意味はない。

コップを洗い、布団に戻る。目覚まし時計の針は四時を示している。電灯は消さずに読みかけだった文庫本を手にとった。

懸命に文字を目で追うが、頭には入っていかない。表面だけをなぞり、時間を潰す。

主人公の友人の名が三枝《さえぐさ》。母の旧姓は三枝だった。祖父母はすでに他界していたので、娘の無惨な死に顔を見なくてすんだのが救いだ。

父の母親は健在だが、葬儀の後は体調を崩し、寝たり起きたりだと一周忌の席で同居している伯父が話していた。

なんとか本に意識を向けようと努力してみるが、難しい。文字を読みながら、脳裏ではたったいま見た夢が再現される。自分の鼓動以外、無音の夢は定期的に志水を苦しめる。まるでなにかを訴えかけてくるように。

いや、夢ではない。二年半前に実際志水が目にした現実だ。いつかは両親の死に直面するということはわかっていたが、それがまさかこれほど早く、しかもこんな形だとは想像していなかった。

結局、本を読むのは諦める。

眠れないのを承知で志水は目を固く閉じ、朝になるのをひたすら待った。

2

うぜえ。

コーラをストローで吸い上げながら、陽一は腹の中で吐き捨てた。太田とかいう男の代わりにやってきた家庭教師は落ち着き払っていて、陽一の挑発にも顔色ひとつ変えなかった。

「次、陽一〜」

隣に座った女にマイクを手渡される。いつの間にか友人が、陽一の十八番《おはこ》であるヒップホップグループの新曲をセットしたようだ。

テンポのいい前奏が流れ始め、軽くヘッドバンキングして歌い始める。が、冷ややかな家庭教師の顔が目の前にちらついて、なかなか思うように乗れなかった。

くそっと毒づいた陽一は、マイクを放り投げた。

「パス」

これまでの家庭教師は、帰れと命じれば不快感で頬を引《ひ》き攣《つ》らせた。生意気なガキだと思っているのが、はっきりと顔に表れていた。

それを必死で抑えている様子が滑稽《こっけい》で、吹き出しそうなのを我慢して無視してやるのだ。そうすれば皆、陽一の扱いに困って気まずい時間を過ごすはめになる。

帰り際に、「楽でいいね。こういうの、給料泥棒っていうんじゃね？」と言ってやれば完《かん》璧《ぺき》だ。ふたりにひとりは二度と来ない。なんとか堪《こら》えたひとりも、早晩姿を見せなくなる。

だが、志水はちがった。陽一が無視してもまるで気にもとめず、淡々と仕事をこなしていった。あげく自分にできる限りのことをすると言い放ちさえした。

あんな家庭教師は初めてだ。

けっして強面《こわもて》でもないし、声を荒らげることさえなかったというのに妙な迫力があって、おかげで陽一は給料泥棒だと浴びせてやれなかった。

「陽一、おまえ変だぞ」

リモコンで音楽を止め、祐介《ゆうすけ》が向かいの椅子から陽一の隣へと移ってくる。一昨日《おととい》から不機嫌な陽一を祐介は、なにかと気にしていた。

「まずいことがあったなら言えよ。俺らにできることならなんでも力貸すしなあ、と祐介が向かいに座る健司《けんじ》にも同意を求めた。

にやにやしながら健司が同意する。なにか面白いことがないかと期待しているまなざしだ。祐介と健司、陽一は学校でも学校外でもしょっちゅうつるんでいる。学校帰りにカラオケやゲームセンター、ファミレスに行くのは日課と言ってもよかった。

誘った女の分は陽一が奢《おご》る。おかげで陽一たちと遊びたがる相手に不自由はしなかった。年上の女となら、興が乗ればセックスもする。十五の初体験から今日まで、両手両足の指では足りないほどの相手と数をこなしてきた。

友人たちは陽一を羨ましいと言う。

「ああ、サンキュー。たいしたことじゃねえんだけど」

だが、陽一は友人たちを羨んでいた。セックスにどきどきして、必死になれるのが羨ましい。

セックスなんて相手が変わってもやることは同じだ。挿《い》れて、出す。射精するだけなら、マスターベーションのほうが楽で気持ちいい。たった二年でセックスに飽きるなんて、自分でもどうかしていると呆れているけれど。

「今度来た家庭教師がムカつくんだよ」

陽一が切り出すと、周囲にああとため息のような声が洩れた。懲りない母親に対する呆れであり、もしかしたら陽一の家庭教師への同情もあるかもしれない。

「なに？　いつもの手で追い払えないいんだ？」

祐介が顎のにきびを指で触りながら言う。祐介はことさら外見を気にするタイプなので、無意識のうちに手が行くようだ。

「つーか、調子狂う。こっちがなんて言っても平気で、やることやって帰っていった」

ひゅうと口笛を吹いた健司をひと睨みで黙らせてから、祐介は顎から前髪へと手を移動させた。

「陽一がそんなんじゃや、よほどの相手なんだな。他人の話を聞かない親父《おやじ》？　それとも、めちゃくちゃKY？」

ちがう、と即座に否定した。

親父でもKYでもない。それどころか理性的で理知的で、堂々とした男だった。面差しは涼やかとも言えるのにどことなく陰もあって、部屋に入ってきたときから他の家庭教師とはちがうと瞬時に陽一は察知していたのだ。

「なら、図々《ずうずう》しいおばさん？」

「ちがう。二十代の男」

そのせいで、いつもならばろくに名前も憶えないのだが、志水の名は一度で憶えてしまった。

志水は自分にも事情があると言っていたが、どんな事情なのだろうか。前に来ていた家庭教師は、次に来るのは予備校の講師だという説明をしていたように記憶している。

勤めていた予備校が潰れてしまったから、家庭教師を引き受けてくれた。優秀な講師だ。暗にこんなガキの家庭教師をするような男ではないと言いたかったのかもしれないが、そのときの陽一には、相手が誰でも同じだった。

どうせすぐにやめる。やめるために来るようなものだと腹の中で笑っていた。

「クビにしちゃえばいいじゃない」

茶髪の女が手鏡でマスカラの状態を確認しながら、暢気に提案した。

それができれば苦労はしない。家庭教師をつけるのは父親の希望なので、陽一に選択権はなかった。

当人は愛人の家に入り浸って家に帰ってもこないくせに、ようするに父親風を吹かせたいだけだ。しかも、その愛人の存在を隠そうともしていない。

いや、愛人だけならまだましだ。裏ではやくざとつき合っている。もっとも陽一が知っているくらいなので、「裏」ではないのかもしれないが。

公《おおやけ》にしないまでも、社員や家族にやくざとのつき合いを隠さないのはどういう意図なのか。単に隠す気がないのか。それとも威嚇のつもりなのか。たとえ理由はどうあれあの男が最低なのは間違いない。

父親への嫌悪感で胸が悪くなる。

それを知っていながら見て見ぬふりをする母親も同罪だ。たまに戻ってくる父の顔色ばかりを窺って、自分からはなにひとつ行動を起こさず息をひそめている母は、結局、陽一のことよりも自分が大切なのだろう。

せいぜい小遣いをせびってやる。陽一は鼻を鳴らし、バッグから煙草《たばこ》を出して唇にのせた女に上目を流した。

「それ、やめてくんねえ？　俺、煙草吸う女、嫌い」

陽一の言葉に、茶髪の彼女は目を丸くしたかと思うと、いきなり大声で笑い始めた。

「なにそれ。古風な男を気取ってるわけ？」

構わず火をつけたせいで、室内に煙草の匂《にお》いが充満する。嫌いな匂いを嗅《か》がされて、ナンパして会ったばかりの名前も知らない女の明るい髪や赤い口紅のみならず、やたら鏡を見る癖もなにもかもが許せなくなる。

昔、父親の当時の愛人が我が物顔で自宅にやってきたときに、その女が吸った煙草にべっとりと口紅が張りついていたのを思い出す。子どもの陽一にはとてつもなく汚らしいものに見えた。

「気分わりい。帰れよ」

睨みつけたまま、ドアへと顎をしゃくった。

なんなのよ、と半笑いになった女の頬が痙攣《けいれん》する。撤回するつもりがないと知ると、見る間に赤い唇がへの字に歪んだ。

「あんたさ――」

「まあまあ」

その先が口にされる前に、祐介が割って入った。

「沙紀《さき》さんも、そんな怖い顔しないで」

宥《なだ》めながら、すかさず女の指から吸いさしを抜き取り、火を消す。

「その家庭教師。追い出したいんだろ？」

軽い調子で話題を戻し作り笑いを浮かべる祐介に、よけいなことをするなと怒鳴ってやろうと思ったが、途中で気が変わった。

愉《たの》しいことが好きで、揉《も》め事を嫌う祐介の顔を立て、はぐらかされたふりをする。陽一にしても、興味のない女よりも志水をどうあしらうか、そちらのほうが大事だった。

「ああ。怒らせて、追い出したい」

これっぽっちも感情を見せなかった志水が、顔を歪ませるところを見たい。さぞ胸がすっとするだろう。

「そいつ、真面目な奴？」

「そりゃそうだろ。予備校の講師やってたんだ」

予備校が潰れて、当座の金が必要で家庭教師を引き受けたのか。予備校の講師ならば給料はよかったはずだから、急いで飛びつくことはなかったのではないか。

それとも「事情」のせいで、一刻も待てなかった？

志水の事情とはなんだろう。

「じゃあさ。女とやってるところ、見せてやるってのは？　たとえば由香《ゆか》ちゃん」

それまで傍観していた健司が平然と持ちかける。健司はいつもこうだ。聞き流しているのかと思っていると、突拍子もないことをぼそりと口にする。

由香って誰だと陽一は眉をひそめたが、健司の視線が向かいに座っている髪の長い女に向けられていたので、彼女だと気づいた。

「えー、由香はそういうの駄目だよ」

沙紀という名らしい茶髪の女がすかさず口を挟む。簡単にナンパされておいて、駄目もにもない。そもそも由香は陽一の好みではなかった。誘われてすぐについてくるような人間は、こちらから願い下げだ。

同じベッドに入るところを想像するだけで気分が悪い。化粧の匂いがシーツに染みついてしまったら、二度と自分のベッドで眠れなくなる。部屋に女を連れ込むくらいなら、自分でやったほうがいい。

「ふりでいいんだって。カテキョを追い出したいだけなんだし。真面目な男なら、目え剝《む》いて逃げ出すだろ」

あははと笑う健司の言葉で、逃げ出す志水を思い浮かべようとする。マスターベーションをする陽一を見て、どんな顔をするだろうかと。

だが、いくら努力しても、志水が動揺する場面は想像できなかった。陽一の自慰を見て志水がどんな顔をするのか、陽一にはわからない。

「——俺、帰るわ」

ソファから立ち上がり、携帯で時刻を確認する。七時を過ぎたばかりだった。いまから急いで帰れば、まだ十分間に合う時間だ。

志水がやってくる前に家に着くだろう。すっぽかしてやるつもりでいたが、予定を変更することに決める。

「なんだよ急に」

祐介が飲んでいたジンジャーエールを口からこぼす。慌てて拭きながら自身も腰を浮かせた。

「由香ちゃんに拒否られて、臍《へそ》曲げちゃったんじゃね？」

提案した当の健司は、大きな口を開けて欠伸をした。ずけずけ物を言う健司にはたまにむっとさせられるが、今回は健司のおかげでいい案を思いついたので、機嫌よく陽一は財布から一万円札を取り出し、テーブルの上に置いた。

「そんなんじゃねえよ。ちょっと用事思い出しただけ」

健司が一万円札を抓《つま》み、ひらひらとさせる。

「金持ちの坊は、予定がいっぱいで羨ましい〜。ついでに小遣いもいっぱいでチョー羨ましい〜」

自分の軽口が気に入ったのか、健司は仰《の》け反《ぞ》って笑う。

祐介は笑い転げる健司を横目に、ドアまで陽一についてきた。

「気にすんなって。本気でカテキョに見せるつもりじゃないんだろ？」

どうやら祐介も、陽一が由香に拒絶されたことに腹を立てたと思っているようだ。いざこざを嫌う祐介らしく、陽一を宥めにかかる。

「だから、そんなんじゃねえって。急用だよ、急用」

陽一は、祐介の鼻先でドアを閉めた。

エレベーターで下に降り、先にカラオケボックスを出る。足早に駅に向かい、ちょうどホームに入ってきた電車に飛び乗った。

サラリーマンの帰宅時間と重なったせいか、混雑する車内の冷房はたいしてきいていなかった。

滲んだ汗をそのままにして扉の前に陣取った陽一は、湿り気をたっぷり帯びた空気を不快に感じる一方で、自分が思いのほか愉しんでいることに気づいていた。

志水がどんな反応をするか。あの整った顔が動揺する場面を思い浮かべて、知らず識《し》らず口許がにやける。

すまし顔で陽一をあしらった志水を、どうにか懲らしめたい。志水がうろたえたら、冗談だよと笑ってやるのだ。そればかりを考えて陽一は家路についた。

玄関の戸を開けたのは、七時二十分だった。出迎えてくれた家政婦を無視し、二階に駆け上がる。

志水が時間に几帳面《きちょうめん》だと知るには初日で十分だ。訪ねてきたときもそうだし、背中を向けた陽一にきっちり一時間半、ひとりでしゃべり続けたのだ。

自室のドアを開けた陽一は制服を脱ぐと、とりあえずTシャツとジーンズを身につける。ベッドに横になり、どこまで脱ぐか思案した結果、Tシャツは不要と判断して床に放り投げた。

ジーンズの前を開き、身体を斜めにしてドアからまともに見える位置でポーズを決めると、サイドボードの上の目覚まし時計に目をやった。

三分前。そろそろ階段を上がる音がしてくる頃だ。

深呼吸をすると、ボクサーパンツを下ろした。

驚いたことに、陽一のものはわずかに頭をもたげている。他人に見せるという緊張からか、志水をやっつけられるという高揚感からか、身体が興奮しているようだ。

自身に手を添え、包み込む。手のひら全体で揉んでいると、すぐに勃《た》ち上がってきた。息を吸い込み、ゆっくりと吐く。

階段の音が耳に届いた。

志水だ。

「……っ」

ノックの音がして、陽一は手を上下させた。先端をこね回しては、強く擦る。あっという間に硬くなった性器は、先走りを滲ませて陽一の手を濡らした。

「陽一くん。入るよ」

ドアが静かに開いた。一瞬も見逃すまいと、手は動かし続けたまま開かれたドアを見据えた。正確にはそこに立つ志水を、だ。

「…………」

ドアを開けた志水は、普段は涼やかな両目を見開き、瞬かせた。陽一の姿に驚いているのだ。その様子を目にして、射精感が一気に高まる。

「先生……タイミングわりいよ」

悪びれずにそう言って、わざと腰を揺らめかせた。

志水の視線はどこに向けられているのだろう。陽一の勃起を目《ま》の当たりにして狼狽しているのか。上目で確認すると、志水は陽一の顔を見ていた。すでに驚愕も動揺もない。

「早く終わらせてくれ。勉強の時間だ」

表情を変えたのはほんのわずかの間だけで、逃げもしなければ怒りもせず、まるで散らかした玩具を片づけろと注意するかのごとく冷静だ。

「は？」

予想だにしなかった言葉に、陽一のものは萎《な》える。

「なに言ってんの？　これが見えねえ？　取り込んでるんだよ」

むきになって手を動かす。だが、志水の顔を見たときの興奮は退いてしまっていた。こんなはずではなかった。

「それとも先生が手伝ってくれんの？」

それでもなんとか気を取り直して挑発してみるが、眉ひとつ動かさない志水に、下半身をさらしている自分が滑稽に思えてくる。濡れていたはずの手も乾き、性器は完全に萎《しぼ》んでしまった。

志水は部屋に入ってくると、机の横にどさりと重みのある鞄を置いた。

「五分だけ席を外す。その間にすませておいてくれ」

「な……なに言ってんの？」

涼しい顔で部屋を出ていこうとする背中を、慌てて引き留めた。志水を動揺させるつもりが、陽一のほうがよほどうろたえてしまっている。

怒って部屋から飛び出していく志水を笑ってやるつもりだったのに、志水は平然と五分ですませろと言う。五分たてば、またこの部屋に戻ってくるというのだ。

「五分ですませろと言ったんだ」

ぞんざいな口調で同じ台詞《せりふ》を口にした後、言葉通り部屋を出て行く。

閉められたドアを呆然と見つめるばかりで陽一にはなすすべもなかった。

「――なんだ、あいつ」

性器から手を離し、ジーンズのファスナーを上げる。

くそっと毒づいた陽一は、ごろりとベッドに横になった。

あんな奴は初めてだ。無視しても挑発しても怒るどころか、たいして驚くこともなかった。常に冷静で、なにを考えているのかまったくわからない。

志水の冷めたまなざしを思い出すと、腹が立ってくる。ガキ相手だからと軽くあしらっているのかもしれない、そう思えば、むかむかと苛立ちが湧《わ》き上がってきた。

いったいどうすれば志水は動揺するというのか。なにをすれば、あの怜悧《れいり》な顔は歪むのだろうか。

難しいとなれば、むしょうに見たくなる。

がちゃりとドアが開いた。五分たったらしい。

部屋に入ってきた志水は、寝転がっている陽一を見下ろした。

「今日もベッドに参考書を広げるべきか？」

返事はしない。返事をすれば、屈したことになる。

志水はあえて追及せず、机の横に置いた鞄の中から参考書や問題集を取り出し、陽一が寝転がっているベッドの上に広げた。

「出しておいた課題はやったか？」

「――――」

やるわけがない。

「基礎問題だから、きちんと押さえておいたほうがいい。いまから説明する」

今日も志水はひとりで進めていく。陽一が無反応だろうと背中を向けていようと志水には関係ない。

「このｔａｋｅは要注意だ。後ろにつく語句によって意味がいろいろと変わってくる。これは憶えるしかない」

しゅっとアンダーラインを引く音が耳に届く。

ペンを置いた志水が、ページをめくった。

「ここは『持っていく』となって、自動詞のｇｏは使わない。話し手もしくは聞き手のところから他の場所に『持っていく』『連れていく』という意味だ」

完全に無視を決め込まれているというのに、おざなりどころか丁寧な説明をくり返す。いったいどういうつもりなのか、気になって背中がむずむずしてくる。

「『取る』や『引き受ける』とかそういう一般的なもの以外にも、病気にかかるとか、感情を抱《いだ》くときにも使う。便利で厄介《やっかい》な単語だ」

「――――」

無視されて腹が立たないのだろうか。それとも陽一のことなどどうでもいいと思っている？

居心地の悪さに耐え切れなくなって、陽一はむくりとベッドから身を起こした。

「勝手にべらべら喋っちゃってさ。こっちは勉強する気なんてないんだよ」

侮蔑《ぶべつ》をこめた半眼を流す。

「いい金もらってるから、辞めないわけ？　こういうのさ、給料泥棒っていうんじゃねえ？　プライドないのか」

家庭教師を追い払うために何度も使ってきた決め台詞を口にして鼻先で笑ってやると、志水は手にした参考書を陽一の顔の前に差し出した。

「僕を給料泥棒にしているのはきみだろう。プライドに関して言えば、いまはプライドよりも優先すべきことがある。ちがうか？」

「……っ」

あまりに正論で、反撃の言葉が出てこない。ぐっと喉を鳴らした陽一は、うるせえと吐き捨てる以外できず、自分が駄々をこねているような気分になる。

優位に立つための台詞だったのに、敗北感すら湧き上がる。

「だいたい、授業なんか聞いてないんだから、いまさら勉強したってどうしようもないんだよ」

半笑いで吐き捨てた。

前回来たときに陽一のひどい成績表を見たので志水にもわかっているはずだ。陽一の成績で高三の夏休みからあがいたところで、まともな大学に行けるはずがない。そもそも大学になど興味はなかった。外聞のために親が勝手に行かせようとしているだけだ。

ふたたび背中を向けてごろりと転がる。

「どうしようもないかどうかは、やる気次第だと思うが」

いかにも予備校の講師が言いそうな言葉を、志水らしくないと、たいして志水のことを知りもしないというのに陽一はうんざりした気持ちで聞いた。

「そのやる気がないって言ってんじゃん。大学なんか行かねえし」

態度を見れば一目瞭然《いちもくりょうぜん》だろう。投げやりさを声音《こわね》に表す。欠伸をすると、志水はぱたりと音をさせた。参考書を閉じたのだ。

「そうか。進学する気がないなら、僕は本当に給料泥棒になってしまうな」

案外あっさりしたものだ。帰り支度を始める志水を、肩越しにちらりと窺う。

「辞めるんだ？　まあ、あんたが辞めても次の奴が来るだけだけど」

鞄に本をしまう志水の目が、陽一に向けられた。

初めてまともに視線が合う。挑発でもなく反発でもなく、ぶつかり合ったまなざしに陽一はどきりとする。

志水の双眸《そうぼう》には、やる気のない陽一に対する憤りも侮蔑もない。

「ご両親と話し合ったらいい。進学したくないと理解してもらえれば、無理に家庭教師を押しつけられることもないだろう」

初めてこの部屋に入ってきたときからずっと同じだ。

「無理」

戸惑いを覚えながら、陽一はかぶりを振った。

話し合って理解を示すような親ならば、最初から一方的に家庭教師を押しつけはしない。父親が陽一の話に耳を傾けたことなどこれまで一度もないし、母親は父親の言いなりだ。

陽一は上半身を起こし、先刻までと同様壁に背中を凭《もた》れかけさせた。

「俺の話なんて聞いてくれるわけない」

志水の眉がぴくりと動く。反応はそれだけだ。

「息子が進学しなかったら、外聞が悪いとでも思ってんだろ。自分は好き放題なくせしてさ。愛人の家に入り浸ってる時点で、外聞もくそもねえっていうのに」

こんな話をするつもりはなかった。親のことで同情されるのが一番腹が立つ。

うっかり喋ってしまった己の軽率さに舌打ちしたが、志水は特になにも言わない。相槌すらない。黙って陽一を見下ろしている。陽一の話をどう受けとめているのかその表情からはまったく窺えず、陽一は短い息をついた。

「親父、大学はいいところ出てるわけ。それが自慢でさ。けど、あんな大人になるんだったら、必死こいて大学出てもしょうがないって気になるよな」

志水が口を噤《つぐ》んでいるから、つい本音を重ねてしまう。友人に愚痴ってもしようがないし、ましてや教師なんかに打ち明ける気はなかったので、これまで親に対する文句を他人に話したことはなかった。

「小遣いに不自由しないあたりはラッキーだと思うけど。まあ、それがなかったらとっくにグレてるって」

少しも可笑《おか》しくないのに、はは、と乾いた笑いをこぼす。

同情的な言葉を投げかけられたら突っぱねてやろうと思っていたが、志水は終始無言だ。反応がないとそれはそれで面白くない。

なんか言えよ、と心中で吐き捨てた陽一に、ようやく志水がその堅い口を解いた。

「やる気さえ出せば、これから勉強しても入れる大学はある」

けれど、それは陽一が期待していたものとはちがった。結局、志水も同じだ。とりあえず進学したほうがいいと陽一を宥める教師となにも変わらない。

「何度も言うけど、そのやる気がないって言ってるんだよ」

不快感もあらわに吐き捨てる。

志水は真顔のまま、水底のように静かな双眸を陽一に注いでいる。

「進学しない理由が、父親への反発だけならやめたほうがいい。他になにかやりたいならべつだが、将来、大学に行かずに後悔することはあっても行って後悔することはほとんどない。ひとりで生きていくつもりならなおさらだ」

「――――」

説教はごめんだと切り捨ててやりたかった。だが、一点の曇りもない志水の瞳に喉まで出かけた悪態が途中で止まる。

ひとりで生きていくつもりならという言葉にも引っかかったせいかもしれない。

「……順風満帆な人生送っている奴に言われてもな」

精一杯の皮肉をぶつけたが、それについてはなにも返事はなかった。

「きみの人生だ」

代わりに、志水は陽一に答えを求めてくる。

「家庭教師がいらないというなら僕はこのまま帰る。やってみるというなら、全力でサポートしよう。きみが決めてくれ」

「――俺は」

真摯《しんし》な瞳で問いかけられて、口ごもった。その理由に陽一は気づく。これまで、自分でなにかを決めた経験が一度もないのだ。

すべてお膳立てされていた。陽一がやってきたのは、その時々で些細《ささい》な反抗をくり返すだけだった。

「俺が、決める？」

「ああ。きみが決めるんだ。いまここで」

「けど……」

決めたところで、それが父親の意に染まないものであれば即座に覆《くつがえ》されるだろう。そんな決断になんの意味もない。

しかも、陽一自身がどうしていいのかまだわからなかった。

迷う陽一に、志水は黙って返答を待つ。励ましの言葉や慰めを口にしない志水を前にしているうちに、志水はどう思っているのだろうと気になってくる。

志水ならばどうするだろうか。

「――あんたは？」

睫《まつげ》毛を伏せ、問いかけた。

他人に自分から意見を求めるのも初めてだ。

「あんたはどう思うよ」

素《そ》っ気《け》ない口調の質問に、志水の返答はまったく澱《よど》みがない。

「僕の個人的な意見ならさっき言った通りだ。やりたいことがなくて、金銭的に余裕があって、なおかつ将来ひとりで生きていきたいなら進学を選んだほうがいいと思っている」

わかりやすい。他の大人たちの言うことは外国語かと思うほど理解できないというのに、志水の言葉は理解できる。

なぜなのか考えるまでもなかった。志水は、志水の言葉で語るからだ。

「そうだな——まあ、大学に行っとくのも悪くないか」

まさか自分が進学する気になるなんて。それだけでも陽一には驚くべき判断だ。しかも、他人の意見に耳を傾けての決断なのだから、自分でも不思議になる。

「わかった」

志水はひとつ頷くと、その寡黙な唇を左右に引いた。

覚えず息を呑《の》む。冷たい印象の面差しに微かに笑みが浮かんだだけで陽一は見惚《みと》れてしまった。

やわらかさとか、あたたかさとか、そういうものを感じて綺麗《きれい》だとすら思う。

「それじゃあ始めよう。今度はベッドじゃなく椅子に座ってくれ」

「——」

笑みの消えた顔で促され、我に返ると同時に自分の思考に驚いた。志水がこれまでの家庭教師とはちがうのは確かだが、男相手に綺麗という単語が浮かぶなど洒落《しゃれ》にならない。

「それともやっぱりベッドがいいか」

「……なわけねえだろ」

わざとおざなりな返事をしながら、心中で焦りを覚える。

取り立てて美形でもなければ、ましてや女っぽいところなど微塵《みじん》もない、普通の男ではないか。なにを血迷っているのか。

「美人の先生なら、もっとやる気が出たのにな」

志水に対してというより自分への牽制《けんせい》でそう口にする。志水が無反応なのは承知済みだったが、言わずにはいられなかった。

参考書と問題集を机に広げると、何事もなかったかのごとく勉強が再開される。

熱心に講義をする志水に、陽一はといえば、気づく必要のないことに気づいてしまっていた。

動くたびに仄《ほの》かに香ってくる、この匂いはなんだろう。いったん気になり始めると、それで頭はいっぱいになる。

柑橘《かんつき》系だ。整髪料はつけていないようだし、香水をつけるタイプには見えない。

「加治くん」

陽一の名を呼んだ志水が、机をこんと叩《たた》いた。

「美人じゃなくて残念かもしれないが、ぼんやりしている余裕はないんだ」

ぴしゃりと注意をされて、わかってるとぶっきら棒に返す。

時間が足りないことがなにより大きな障害なのは、陽一自身が一番わかっていた。しかも障害はそれだけではない。これまでまともに勉強したことのない陽一には、自分がどれほど努力すればできるのか、それすら把握できない状況だった。

「やれば確実にできるって、わかってればいいんだけどな」

シャープペンシルで頭を掻きながらこぼせば、志水が横目であっさり却下する。

「それがわかっていたら意味がない」

「なんで？　安心じゃん」

山頂が見えていたほうが登る意欲も湧く。そう説明すれば、ノートに一本線を引いた。

「やってもここまでかと思うか、やったからここまでと思うかは、それまでの過程によるものだ。結果が先に見えていたら、途中の工程なんかどうでもよくなってしまう」

線の途中を示されて、陽一はそこを凝視した。

「……あー」

漠然とだが理解できる。結果がわかっているなら確かに、そこに辿《たど》り着くまでの行程はどうでもよくなるだろう。

「山の高さは自分で決める――って感じ？」

陽一がそう言うと、志水はまた口許だけで笑った。二度目でも一度目と変わらない衝撃を受ける。普段冷淡に見えるぶん、ふとした表情が印象的なのだ。

全力で走ったときのように心臓がきゅうっと痛くなった。

「まあ、そういう感じかな」

肯定して、志水が前髪を掻き上げる。途端にふわりと、柑橘系の香りが鼻をついた。

「……シャンプー」

髪から匂うのだ。甘酸っぱい香りのするシャンプーは、どこのメーカーのものなのかいい香りがする。

「シャンプーがどうかしたのか？」

怪訝な顔で問う志水に、なんでもないと陽一は首を左右に振った。

家庭教師に動揺させられている場合ではないだろう。やると決めたからには、途中で挫折《ざせつ》するような格好悪い真似はしたくなかった。

その後は、生まれてこの方これほど真面目に勉強した憶えはないというほど真剣に志水の声に耳を傾けた。教え方がうまかったというのもある。

志水は約束通り数冊の本を持ってきていたのだが、アンダーラインが引かれ、びっしり赤字が書き込まれていた。

「俺、マジでやってみようかな」

自分がこんなことを口にするなんて、想像もしていなかった。ついさっき、数十分前までは絶対に進学などしないと決めていたが、いまはやれそうな気がしてくる。志水となら、やってみてもいい。

「当然だ。遊び半分で受験勉強をする奴なんかいない」

進路について親ですら陽一自身を無視したというのに、志水は自分で決めろと陽一の気持ちを優先した。突き放したような志水の話し方でさえ、陽一を尊重しているがゆえだと思えば心地よかった。

一時間半を短いと感じたのは初めてだ。

最後に課題を出した志水は、勉強中の饒舌《じょうぜつ》さが嘘のように口を閉じると黙々と片付けをすませ、部屋を出ていく。

「じゃあ、来週」

一言だけで閉められたドアを見つめながら陽一は、妙な感覚に戸惑っていた。

志水はこれまでの家庭教師とはちがう。なにがちがうのかと自問自答してもまったくちがうという答えしか出ないのだが、ひとつだけはっきりしていることがある。

志水は陽一の態度の悪さを気にせず、意思を尊重してくれる。どうしたいかなど、志水以外は誰も聞いてくれなかった。志水が変わっているのかもしれない。

だが、なによりおかしいのは陽一自身だ。来週が待ち遠しいと思うなんて、いったいどうしてしまったのか。

陽一は椅子を立った。見送る気なんてさらさらないと声には出さずに言い訳をして、部屋を出ると階下に下りる。

その足を階段の途中で止めた。家政婦の声が聞こえたせいだった。

「え、来週も来られるんですか」

どうやら家政婦が話している相手は、志水らしい。

「ええ、もちろんです」

志水の返答に面食らっている様子だ。これまでの家庭教師と一緒で、どうせすぐに辞めると思っていたのだ。

「そうなんですか――坊ちゃん、どういう風の吹き回しかしらね」

猜疑心《さいぎしん》の滲んだ声音に、鼻に皺を寄せる。五年前から通ってきている池永《いけなが》という五十代の家政婦を、陽一は嫌いだった。家政婦は、粘着質な視線で陽一を見てくる。腹の中ではろくでもない息子と馬鹿にしているのだ。

「まあでも、いつまで続くかしら。これまでいらした家庭教師の方にもね、散々厭がらせをしてきましたしね。勉強中に堂々と漫画を読んだり、とても口にはできない下品な言葉で罵《ののし》ったりしたんですって。女の子を連れて帰ったこともありましたから。ここだけの話、陽一さんの部屋には目を覆うようないかがわしい本がたくさんあるんです。私が親だったら、全部焼いてしまいますわ」

得々と語る家政婦の言葉に、かっと頭に血が上る。家政婦は、無断で陽一の部屋に入っているのだ。

「彼の部屋に入っているんですか」

怒鳴ってやるつもりで足を踏み出したとき、志水の冷淡な声が耳に入ってきた。

「彼の許可なく、勝手に？」

口調はけっして荒々しくはないが、非難の色がはっきりと含まれている。

「……そうですよ。旦那様に、そう命じられてますから」

家政婦はたじろぎ、しどろもどろになった。彼女がうろたえるところなどなかなか見られるものではない。母が気弱なのをいいことに、まるで女主人のごとく身勝手に振舞い、陽一を見下す奴だ。

「そうですか。では、今日からやめてください。陽一くんのお父さんにもそう伝えてもらえますか」

自分の息子ほども若い男にきっぱりと窘《たしな》められて、家政婦は反感を覚えたようだ。動じたのを隠すかのごとく志水に捲《まく》し立てる。

「道を踏み外さないよう大人が子どもを見守ってやるのは当然でしょう。そうやって陽一さんの肩を持つから、陽一さんはあなたを受け入れたのかもしれませんね。でも、なにかあったらあなたのせいってことにもなるんですよ。余計なことはなさらずに、陽一さんの成績を上げることだけ考えられては？」

あまりに礼を欠く言葉に、腹が立ってきた。他の人間にならまだしも、陽一が決めた家庭教師にこの口の利《き》き方は許せない。

だが、当の志水は落ち着き払っている。

「その勉強の邪魔だと言っているんです」

揺るぎない声で家政婦の長い口上を一言で退ける。怒りのあまりいつ階段を駆け下りようかと構えていた陽一だが、志水の強さに出番をなくした。怒りもいつしか消えていた。

「それから、あなたの仰《おっしゃ》ったいかがわしい本ですが、若い男ならば誰でも持っています。僕の部屋に来られたら、きっと驚かれるでしょうね」

図々しい家政婦も、これにはなにも答えられなかった。

失礼しますと礼儀正しい挨拶をして、志水は帰っていく。玄関の外に志水が出たあとで家政婦が「失礼な男」と悪態をついていたが、勝敗は火を見るよりも明らかだった。

声を荒らげることもひどい言葉で威嚇することもしなかったというのに、志水は口達者な家政婦を一蹴《いっしゅう》した。正当な意見をまっすぐぶつければ、相手を脅す必要なんてないのだ。あざ笑う必要もないし、投げやりな態度を見せる必要もない。

「……格好いいじゃん」

やはり志水はぜんぜんちがう。

これまで出会った誰ともちがい、強くて格好いい。

陽一は、足音を立てず階段を上がりながら深呼吸した。志水の残り香がまだそこにあるような気がして、疼く胸を手のひらで押さえた。

3

思っていた以上に陽一は呑み込みのいい生徒だった。なにより努力家で、最初の頃のいいかげんな態度が嘘のように真剣に取り組み、おかげで成績は面白いほど上がっていった。

自分の教え子の目覚ましい成長は、志水にとっても喜びであり、誇りでもあった。

二学期が終わる頃には、十分国立大学が狙《ねら》える位置まで辿り着いた。当初は私大のために受ける予定のセンター試験だったが、いまは国立大学も視野に入れている。私大のランクも大幅に上げた。

残り一ヶ月。

陽一にとっては勝負のときだ。

「数学と化学がC判定……俺、理数系が弱いんだよな」

先日行われた模試の結果を前にして、陽一が落胆のため息をこぼす。もう少し点がとれたと思っていたのだ。それもそのはずで、最後の模試に向けて陽一は理数系を重点的に勉強していた。

「弱いわけじゃない。ケアレスミスが多いんだ。ほら、ここ見て」

解答用紙を指差す。

陽一の努力には、実際志水も感心していた。

先々月には職が見つかり予備校の講師を始めていたが、そちらをセーブしてまで陽一の家庭教師を続けているのはそのためだった。結局他の家庭教師を頼まず、志水ひとりでいいと言った陽一になんとか応えてやりたかったのだ。

「あー……ほんとだ。なにやってんだ、俺」

「ちょっと注意すれば、B判定だ」

本当に、と陽一が笑う。最初の頃とはちがい、屈託のない笑みだ。陽一は志水に心を許してくれたらしく、勉強以外のことも話す。受験一色のせいで仲のよかった友人が離れていったせいもあるだろう。志水くらいしか、愚痴をこぼせる相手がいまの陽一にはいないらしい。

たとえば、身長の悩み。百七十二センチの陽一は、高三になってからほとんど伸びていないという。百七十以上あれば十分じゃないか、と陽一よりも五センチばかり長身の志水が慰めても説得力はなかった。

それから、恋愛事。本気の恋愛をした経験がないので、なにもかも捨ててもいいと思えるほどの恋がしたいのだと照れくさそうに笑った。

なにも捨てることはないと答えた志水に、そういう恋をしたいとは思わないかと逆に質問してきた。当然ながら、志水の答えは「ない」だ。

恋では腹は膨れない。甘い感情だけで生きていけるのなら、これほど楽なことはない。現実はシビアだ。

金もいれば、家もいる。仕事をして食っていかなければならない。

志水の返答が陽一は気に入らなかったようで、唇を尖《とが》らせて反論してきた。

——先生はさ、まだ本当の恋をしてないんだよ。

陽一は身をのり出してそう言った。

その通りだ。が、したいとも思わないというのが本音だった。

「明後日だったか。三者面談」

「あー、そう。面倒くせえ」

陽一が、がしがしと乱暴に頭を掻く。変わらないところだ。真面目に勉強をし、志水には素直な態度を見せるくせに、相変わらず家政婦や母親には素っ気ない。学校の教師を快く思っていないのも、以前と同じだ。

「教育学部か。いまの成績なら、選択肢はたくさんある」

おそらく、これも志水の影響だろう。目標を決める際、陽一は大学名ではなくまず学部を口にした。

「ん、そう。国立でも私立でもいいけど、遠くには行きたくない」

「できるだけ遠い地方に行くっていうんじゃなかったのか」

家からできるだけ離れたいと言っていたくせにと笑うと、複雑な表情で目を伏せる。志水は気づかないふりで、すでに聞いている志望校を確認するため、机の上に進路表を広げた。

「第一志望は国立で――」

陽一の注意が机からドアへと離れる。ドアの向こうで声がしたせいだと志水も気づき、そちらへ目を向ける。どうやら母親と家政婦が階段の下で揉めているらしく、家政婦の甲高《かんだか》い声がドアを隔てたこちらまではっきり響いてくる。

「お着物になさるべきです」

続いて、母親のか細い声が途切れ途切れに聞こえた。

「でも……陽一が厭がったら」

「そんなことはありませんよ」

と、これは家政婦。

うるさそうに舌打ちをした陽一は、椅子から立ち上がるとドアへと歩み寄り、勢いよく開けた。

「んだよ。うるさくて気が散るじゃねえか」

苛立たしげに階下に吐き捨てると、家政婦が先に姿を見せた。その背後から憂い顔の母親もやってくる。

家政婦は、ぎすぎすした視線で母親と陽一を見比べた。

「奥様が、明日の三者面談にこのスーツで行かれると言われるので、お止めしたのですよ」

母親は、地味な濃紺のスーツを身につけている。さらりとした薄手の生地は、寒い季節にはそぐわないものだ。

「だからなんだっていうんだ。服なんてどうだっていいだろ」

くだらねえと声に出した陽一に、家政婦は渋い顔になった。

「このスーツは春物です。春先の三者面談のときに着ていかれたものですから。こんなスーツを着るくらいなら、お着物にしてはと私は申し上げているのですが――」

「着物は大袈裟《おおげさ》だって、陽一が厭がるんじゃないかと思ったの」

母親が気遣いの上目を陽一に向ける。陽一にはその目も鬱陶しいというのに、母親はまるで気づかず機嫌を窺う。

案の定、陽一は苛立ちをあらわにし、どうでもいいと切り捨てた。

「スーツだろうと着物だろうと好きにすりゃいい。つか、それじゃないスーツを着とけよ」

さっさと消えてくれと言外に匂わせても、母親はそこを動こうとしない。気づかないふりをしているのではないかと思えるほどだ。

その細い肩を、力なく落とした。

「スーツはこれしかないもの。一昨年《おととし》買ってもらったスーツは、ウエストがきつくて入らなくなっちゃったし」

それがどういう意味なのか、すぐにはわからなかった。だが、陽一にはわかったようだ。わずかに双眸を見開くと、次には苦々しい表情で「うぜえ」と喉の奥で唸《うな》った。

「スーツでも着物でも、親父に買わせりゃいいだろうがっ」

息子の言葉に、母親は「でも」と渋る。

母子のやり取りに違和感を覚える志水に対して、家政婦はいつものことばかりに平然と構えている。

会話の内容と志水の印象はあまりにちぐはぐだ。これほど豪奢《ごうしゃ》な屋敷に住んでいる妻が、三者面談に着ていくものがないと悩んでいるのは妙だろう。

週ごとに払われる志水への破格の謝礼も、加治家の裕福さを物語っているというのに。

「俺が厭がるからとでも言えばいいだろ。なんでいちいちそうやって当てつけみたいに大袈裟にするんだよっ」

陽一は眦を吊り上げ、母親を責める。

母親は身をすくめ、ごめんなさいと蚊の鳴くような小さな声で謝った。

それも気に入らない陽一は床を踏みならして自室に入ると、乱暴にドアを閉めた。

「……どうしましょう……池永さん。陽一が、怒ってしまったわ」

弱々しげに訴える母親を、家政婦は感情のこもらない瞳で見据える。短いため息をこぼして、母親の背中に手を置いた。

「下りましょう。明日スーツをお買いになればいいです。坊ちゃんの言われたように」

「あのひとは、電話して怒らないかしら」

「大丈夫ですよ、きっと」

家政婦がずっと女主人のごとく振る舞ってきた理由を、志水は五ヶ月たってようやく理解した。夫や息子の顔色を窺ってばかりで、自分の意思を持たない母親の下では厭でも上位に立たざるを得ない。

この五ヶ月間、一度も父親の顔を見ていないので複雑な家庭なのだろうとは思っていたが、志水が想像していたよりずっと歪《いびつ》な関係のようだ。陽一が両親どちらに対しても反抗するのも頷ける。

階段を下りていく母親と家政婦を見送り、志水は部屋に戻る。陽一は机につき、ドアに背中を向けていた。

「志望校の話だったっけ？　ったく、邪魔が入って気が削《そ》がれちまった」

母親が現れる前と、陽一の声音は変わらない。受験に関しても自身の悩みに関しても、やや語尾を上げて軽々しく話をするのが陽一のスタイルだ。照れ隠し、もしくはある種の予防線だと志水は思っていた。

深刻になれない理由はちゃんとあったのだ。

相槌を打たずに机の傍に寄った志水に、陽一はくそっと両手で頭を抱えた。

「こんなところ見せたくなかったのに……最悪っ。いつも冷静でいるつもりが、あいつのせいで台無しだ」

ただでさえ受験が近くてナーバスになっている状況で家族の混乱を目の当たりにすれば、気持ちは乱れて当然だった。むしろ、これほどの環境の中でよく集中して勉強できたと思う。

「年寄りみたいなこと言うなよ。厭なことがあれば冷静でなんていられないだろう」

肩に手を置く。気持ちが乱れているせいか、陽一の肩は微かに上下していた。

「そんなこと言って」

陽一は顔を上げず、志水に不服そうな声を投げかける。

「先生はいっつも冷静じゃんか。前に俺が反抗したときだって、愚痴こぼしたときだって、常に落ち着いていていてさ」

陽一の言動が自分の及ぼした影響と知り、少なからず胸が熱くなる。骨張った肩を指先で宥め、志水は目を細めた。

陽一は勘違いをしている。志水はずっと冷静でいられたわけではない。心の隅ではいつも疑念が渦巻いている。

なぜなのか。なぜ父は、最悪の結末を自ら選んだのか。

「両親が死んだときは、混乱してなにから手をつけていいのかわからなかった」

志水の告白に、陽一の顔がようやく上がった。頭から両手を離した陽一は、志水を見上げて瞳を揺らした。

「両親って……いっぺんに亡くしたんだ？」

「ああ」

無理心中。しかも第一発見者は息子である自分だった。それなのに、志水には落ち込み悲しむ間も与えられなかった。

会社に関しては叔父がすべて処理してくれたが、父は叔母に借金をしていた。叔母にはどうにか返済したいし、自分も生きていかなければならない。この三年間志水は必死でやってきたが、いまだ混乱したままだ。

なぜ。どうして。胸中で何度父を責めたかわからない。

「事故？」

怖々問いかけられて、そうだなと曖昧《あいまい》な返答をする。

「兄弟は？」

「いない」

そっかと答えた陽一はそれ以上重ねて聞いてくることはなく、唇を固く引き結んだ。口を開いたときには、それは苦い笑みをかたどっていた。

「皮肉なもんだね。先生の親はきっといい親だったんだろ？　そんな親が早くに死んで、俺みたいにくたばってほしいと思っている奴の親は、のうのうと生きてる」

いくら嫌いでもそういう言い方をするんじゃない。忠告するのは容易《たやす》いし、そうすべきなのだろう。だが、志水は黙っていた。無条件で親を慕うのも子の権利なら、嫌う権利もあっていいはずだ。

「俺の母親って、もともと加治の家に通っていた家政婦だったらしいよ。で、そこの長男坊に手を出されて妊娠しちゃったっていうの。ありがちだろ？」

ありがちな話なのかどうか、志水にはなんとも言えない。だが、最初からなにかがちがっていたのだろうとは想像できる。

「これまたお決まりなコースで、嫁に入ったはいいけど姑《しゅうとめ》にはかなりやられたらしい。気の強い婆《ばあ》さんだったって話だから。母親にとってラッキーだったのは、それほど長生きしなかったことじゃないかな。俺が三つのときに死んだし。だからって、幸せになれたわけじゃないけど。親父は愛人のところに行ったきりだし、お袋はろくに小遣いももらってないんだと。だったらさ、文句言ってやればいいじゃん。堂々としてればいいのに、あのひとは自分からはなにもしないんだよ。見ただろ？　スーツひとつにあの調子。俺から親父に言ってほしいから、わざとあんなふうに大騒ぎするんだよ。ほんと、どっちもどっちだよな」

誰かに話したかったのかもしれない。陽一は一息で捲し立てると、口に出したことを後悔するかのような表情で机に目を落とす。うぜえ、という口癖は、陽一にとっては本心なのだろう。

父親も母親も、家政婦も、自身を取り巻く環境はすべて陽一にとって「うざい」ものだった。

志水は、黙って陽一がふたたび顔を上げるのを待つ。陽一の境遇は陽一にしかわからないのだから、なにを言おうとそれは浮薄な同情だ。

陽一はなにが可笑しいのか、机に目を落としたまま、ふいに笑った。

「最初に先生が言った、あれ」

「あれ？」

首を傾《かし》げた志水に、出会った頃の話をする。

「ひとりで生きていくつもりならって言っただろ？　あれって、先生自身のことも指してたんだな」

「――――」

ひとりで生きていくつもりなら大学に行けと、確かに言ったような気がする。とはいえ、それは一般論を述べただけであって、特に深い意味ではない。ましてや自分を指してなど、そんなつもりはまったくなかった。

だが、いま陽一に指摘されて、否定の言葉を呑み込む。ひとりになったときに教員免許を持っていてよかったと志水自身が思っているから、陽一にも無意識のうちに勧めていたのだろうか。

「俺は、先生に感謝してる。先生と会わなかったら、なんの目的もやることもなくてぶらぶらしてたと思う。全部先生のおかげ」

陽一の視線が上がり、志水に向けられた。信頼と憧憬《しょうけい》のまなざしを前にして、志水は戸惑う。

「前に、恋愛の相談したよね。俺、好きなひとができた。そのひとのために、必死でがんばれる」

なにを思い、急にこんな話をし始めるのか。熱のこもった瞳に尻込みをする。陽一の心情は考えないようにし、そうかとだけ返事をした。

「先生」

陽一の手が、肩に置いた志水の手に重ねられる。反射的に退いた。やり場を失ったその手で志水は、進路表の上に模試の問題用紙を広げて置いた。

「……もう一度やってみようか。ケアレスミスしないよう、注意して」

志水の指示に陽一はなにか言いたげな様子で唇を噛んだが、結局、志水に従い数学の問題用紙に向き合う。

時間を確認して、集中して解いていく陽一を志水は見守った。ミスした箇所でペンが止まる。が、今度は間違えなかった。

静かな部屋で、陽一がペンを滑らせる音を聞きながら、志水はたったいま起こった出来事について考える。

傲慢《ごうまん》な父親。言いなりの母親。

誰しも家庭の事情というのはある。だが、陽一のように複雑な家庭環境で勉強に集中するのは、高校生には困難だ。それを考慮すれば、陽一は優秀な生徒と言って間違いなかった。

努力しているのだから、報われてほしいと志水は願う。

もとより他の予備校の生徒に対しても、全員志望校に入学してほしいと思っている。生徒はみな同じだ。

「…………」

いや、それが表向きでしかないと志水にもよくわかっていた。陽一は、志水が個人的に一から教えてきた生徒だ。他の生徒よりもどうしたって思い入れが強くなる。もしどちらかを選べと言われれば、志水は躊躇《ちゅうちょ》なく予備校をやめるだろう。

それがけっしていいことではないというのも十分理解している。だからこそ他の生徒と陽一が平等だと言動で陽一にわからせていかなければならない。特に陽一のような家庭環境にある人間は、自分に手を差し伸べてくる相手に過度の期待をしてしまう。

陽一が志水を特別視しているのは向けられるまなざしで十分だった。

「先生？」

見上げられて、陽一に向き直す。

「できたのか」

「できた」

腕時計でかかった時間を確認すれば、まだ十数分の余裕があった。一度解いた問題なので、早くできるのは当然だ。

「答え合わせをしようか。一度目と同じ問題を間違えていたら、そこを重点的にやっていく。いいな」

赤ペンを手にして、答え合わせをする。途中まで進んだところで、いきなり部屋のドアが開いた。

今度はなんだとドアを振り向けば、五十代の貫禄のある男が我が物顔で部屋に入ってくる。ポマードでてらてらと光った頭に、精力的な双眸。せり出した腹を揺すって歩み寄ってくる中年の男が陽一の父親だと、陽一から聞かされていた印象から判断するのは容易かった。

陽一の顔に、羞恥《しゅうち》とも嫌悪ともとれる父への反抗心が表れる。

声もかけずに部屋に入ってくるような父親では、繊細な陽一が反発してもしようがない。しかも、日頃から愛人宅に入り浸り家にはいない父親だ。

「久しぶりじゃん。顔忘れそうだったよ」

陽一は、わざと薄笑いを浮かべてみせた。初めて志水がこの部屋を訪ねたときよりも、ずっと挑発的で皮肉っぽい笑みだ。

「池永から連絡があった。あれが三者面談に来ていく服を新調したいと言っているそうだな」

「流行遅れのスーツなんか着られちゃ、みっともなくて一緒にいたくねえよ」

息子に向かって母親のことを「あれ」と言う父親がどんな人間なのか、推し量るまでもなかった。

「しようがないな」

母親をみっともないと評した息子を、父は注意するどころか苦笑で片付ける。そして、内ポケットから札入れを取り出すと三枚ほど抜き、陽一の机の上に置いた。これを母親に渡しておけという意味だ。

「おまえは？　小遣いは足りてるか」

父親の中で妻はことごとく軽い存在だと、いまのやり取りだけでも十分察せられる。母親のスーツに三万円出したかと思えば、返事もしなかった息子には五枚の札を机に置く。

「成績が上がったそうだから、ご褒美だ。わしの会社に入るなら、できるだけ名のある大学を卒業しておいたほうがいいからな」

父親の機嫌はよさそうだ。ようやく意識を志水に向けたときも終始笑顔だった。

酒と飽食のためだろう、父親の白目は黄ばみ、充血している。陽一と似たところを探してみたが、ひとつとして見つからない。

「熱心に教えてくれているようだね。引き続き頼んだぞ。陽一が望みの大学に合格した暁には、ボーナスを弾んでやるから」

ボーナスと聞いて志水が喜ぶと思っているところもそうだ。息子と比べてずいぶん画一的な思考回路をしている。

「志水と申します。陽一くんは、すごく頑張ってますよ」

無反応で挨拶をした志水に、父親は怪訝な顔になる。誰しもが自分と同じ価値観を持っていると信じて疑わない父親に、志水は陽一に初めて同情を覚えた。陽一は見かけよりも繊細で傷つき易い。

「まあ、いい。とにかく頑張ってくれ」

陽一の二の腕を数回軽く叩き、父は去っていく。自分の家だというのに留まる気はないらしく、階段を下りた父親はその足で玄関も出ていった。

冷ややかな顔で玄関のドアが閉まる音を聞いていた陽一だが、「うぜえ」と舌打ちをすると、父に触れられた腕を手で払った。汚いものでもあるかのようなその仕種《しぐさ》に、陽一の感情がすべて込められている。

「詐欺みたいな真似して稼ぎまくっている会社なんて、誰が継ぐかよっ」

父親が会社社長とは聞いていたが、なんの会社を経営しているのか志水は知らなかった。たとえ詐欺というのが言い過ぎにしろ、息子に嫌悪されるのだから、現在はどうあれ先行きは安泰とは言えないだろう。

心底から嫌悪感を見せる陽一の、父親が触った陽一の腕に、志水も触れた。

志水を見上げた陽一の顔が、くしゃりと歪む。

「ごめん……あいつ、先生にまで失礼なこと言って」

かぶりを振る。

「俺はいい。けど、詐欺だなんて外で口にするなよ。おまえのためにならない」

志水の忠告を陽一はいつも素直に聞く。今回も頷きはしたのだが、渋々なのはその表情が物語っていた。

「わかった。外じゃ言わない。けど、あいつのやってることは詐欺と変わらない。それで食ってる俺も、同じようなもの」

陽一は、神経質なくらい潔癖なところがある。そのため陽一の嫌忌は、父親ばかりか自身にも向けられる。毛嫌いしている父親に養われているという事実がそうさせているのだ。

「ひとりで生きていく」と言った志水の言葉に反応したのも、そのせいだった。

「先生」

腕に置いた手に指を絡められても、志水はそのままにしておいた。

「子どもが親に養われていることを恥じる必要はない。どうして詐欺をしてるなんて、思うんだ？　いい父親じゃないかもしれないが、そこまで言うのはさすがによくない」

父親のことなどどうでもよかった。陽一が、自分を責めないですむよう告げた言葉だ。

「でも、ほんとだし」

志水の手を握る力が強くなる。陽一にとっては、よほど我慢しかねることのようだ。

「M&Aっての？　親父の会社、企業買収とか橋渡しとか、そういうのやってるんだって」

「M&Aは詐欺とはちがう」

志水の言葉に、わかってるよと陽一は答えた。

「普通の会社は、ね。けど、創建《そうけん》のバックにはやくざがついてるんだよ。小学生のとき、実際にあいつらが口汚く脅しているのを見た。親父は――愉しそうに笑っていた。脅迫も、犯罪だよな」

「…………」

創建、と志水は声には出さずに呟《つぶや》いた。創建の名は志水も知っている。ネットのニュースで何度か目にした。過去には強引なやり方を疑問視するような声もあったが、バッシングを吹き飛ばし企業として大きくなっていった会社だと記憶している。

それから――父からも耳にした。

亡くなる数ヶ月前、電話をしていた父親が創建の名を口にした。そのときは、世間話の延長だろうとたいして気にしていなかった。いや、きっとそうなのだろう。M&Aなど、中小企業でしかない父の会社は無縁だ。

「——勉強しよう」

陽一の腕をきゅっと摑《つか》み、志水は手を引く。陽一は物足りなさそうに志水を見てきたが、志水は陽一から離した目を机に落とした。

父親が置いていった札を脇《わき》にやり、答案用紙を指差す。

「勉強して、ちゃんと大学に入って、ひとりで生きていくんだろう？」

これ以外、陽一にかける言葉はない。父親に対する陽一の嫌悪感は、思っていたよりもずっと根深いものだ。

父親がやくざと親しくしていて、なおかつ恐喝の場面を小学生で目の当たりにしたのではそれも仕方がない。

「ああ。ひとりで生きていく」

深く頷いた陽一は、その瞳に強い意志を映し出した。志水に対する手放しの信頼もそこにはある。

「じゃあ、まずはセンター試験でいい点をとらなきゃいけない。わかってるな」

まるで雛《ひな》の刷り込みだと志水は思った。元来素直な性格の陽一は、心から信頼できる人間を捜していた。そこに志水が現れ、どういう葛藤が陽一の中でなされたのか知らないが、信頼に足る人間だと判断した。

陽一の求めていたものが、まるでパズルのピースのようにぴたりとはまってしまったのだ。

「わかってる」

頬を引き締めた陽一だが、手にしたペンを用紙の上で止めた。あのさ、と言いにくそうに投げかけてきた上目には、不安が滲んでいた。

「どうかしたのか」

「あ……うん」

陽一は唇を何度か歯で扱《しご》いて、迷いながら切り出してくる。

「受験が終わったら、どこか遊びに行かない？」

意外な台詞を、志水はたいして驚いていなかった。受験勉強から解放されれば遊びたいと思うのは、みな同じだ。普通なら一緒に遊ぶ相手は友人だろうが、陽一は誰より志水を慕っている。

「友だちと行けばいい」

そう答えると、不満そうにその唇が尖った。

「先生と行きたいから、誘ってんじゃん。ちょっと遠出して……一泊くらいできないかなって思ってさ」

あくまで軽いのりの誘い方だ。

それでも、ちらりと志水を窺う目には、期待と怖《おそ》れが映し出されていた。まるで彼女に告白するときのようだ、と思ってしまい、志水は眉をひそめた。

陽一の志水への気持ちが、たまに信頼という域を逸脱していることには気づいていた。これまで志水は無視をしてきたが、うっかり戸惑いを顔に出してしまった。

志水の些細な変化でも、陽一は見逃さない。

「――先生」

机に置いた志水の手に、陽一は指先で触れる。手や腕が接触することは、偶然の場合を含めて日常的にある。だが、そのどれとも陽一の触れ方はちがった。

すがるかのように、志水の指の股《また》を陽一の指先が往《ゆ》き来《き》する。

「俺、先生と出会えて本当によかった。先生は怒るかもしんないけど、先生の予備校が潰れてよかったって、何回も思った」

ぽつりぽつりと語る陽一は、真剣だ。わずかに頬に照れを滲ませ、緊張からか伏せた睫毛を震わせる。

「先生だけが俺をまともに見てくれた。だからさ、俺――勉強するの、自分のためでもあるけど、先生に喜んでほしいからっていうのもあるんだ。先生が喜んでくれるんだったら、なんでもする」

陽一が双眸を上げ、志水を見つめる。そのあまりに激しい、熱情すら見てとれる瞳の輝きに、志水は咄嗟《とっさ》に身震いしていた。

これほどの感情を植えつけてしまったことが、怖《おそ》ろしかったのだ。

「……勘違いだな」

できる限り、冷たく突き放す。受け入れられるわけがない。

「勘違いじゃない！」

陽一は強い力で志水の腕を摑んだ。

「勘違いなんて、絶対しない。俺は間違えたりしない。先生は俺にとって特別。先生がどう思おうと、俺にはわかってる」

「………」

眦を吊り上げ真摯なまなざしを一心に向けてくる陽一に、志水は圧倒される。あまりに激しい感情の吐露に躊躇する。志水にしてもこれほどの思いをぶつけられた経験などないのだから、対処の仕方などこれっぽっちも思いつかない。

「だから――勘違いなんて言わないで。先生を、困らせたりしないからさ」

先細りになっていった声音は、おそらく志水の戸惑いを察してのことだろう。志水に背を向けられることをなにより怖がる陽一に、不用意な言葉は浴びせられない。いまは陽一にとって大事な時期だ。

志水は動揺した己を心中で叱責《しっせき》して、陽一の顔を正面から見返した。

「慕ってくれるのは、家庭教師として単純に嬉《うれ》しいよ。光栄なことだと思う」

本題からあえて反らした返答を、陽一が喜ばないのはわかっていた。だが、陽一がそれを咎《とが》めないというのも承知のうえだった。

先生を困らせたりしないという陽一の言葉は、けっして嘘ではないはずだ。

「あ……まあ……先生に、俺の気持ちを言っときたかっただけだから」

頰を強張《こわば》らせたものの、陽一は志水の腕を解放する。やり場を求めて迷わせたのち、結局、その手を自身の髪に持っていった。

「いまはとにかく、勉強しなきゃな」

がしがしと乱暴に搔くと、姿勢を正して机に向かう。

その姿を前にして、志水も乱れる心を留めることはできなかった。

志水にとっても陽一は他の生徒とはちがう。唯一個人的にかかわった生徒であるし、両親に会ってしまえば憐憫《れんびん》の情も湧く。一心に慕ってくる陽一を、可愛いと思うのは自然な感情だった。

――先生だけが俺をまともに見てくれた。

陽一の微かに震えていた声を思い出せば、どうしようもない。

「陽一」

志水の呼びかけに陽一の目が上がる。

「センター試験の結果如何では、食事に連れていってやる」

ぱっと顔が輝いた。小遣いに不自由していない陽一だが、志水の奢るものならば、たとえハンバーガーひとつでも喜んで食べるだろう。

「ほんとに？」

「嘘はつかない。言っておくが、成績によるぞ」

「あ、うん。わかってるって。俺、すっげえ頑張っちゃう」

たったいままで落ちていた肩を上げ、喜色を全身で表す陽一に志水は苦笑した。

普段どれほど粋がっていても、笑うと面差しにはまだ幼さが滲む。両親は陽一のこんな顔を果たして見たことがあるのだろうかと思えば、どこか切なさもこみ上げてきた。

「じゃあ、じゃあさ、遊びに行くっていうのは？」

期待に満ちた顔で問われて、湧き上がった湿っぽい感情を押しやり、志水は陽一の額を小《こ》突《づ》いた。

「調子にのるな」

陽一はさっきとはやり方を変え、子どもっぽい仕種で拗《す》ねてみせる。

「えー、なにか条件出してもいいからさ。そっちも餌《えさ》としてぶら下げといてよ。やる気が出るし」

頭のいい子だ。真剣に誘っては志水が困ると知って、二度同じ手を使ってくることはしない。

「そうだな」

志水は顎に手をやり、思案する素振りをした。

黙って返答を待つ陽一を横目に、その手を顎から離す。

「おまえの背丈が俺を抜いたら、考えてやらないこともない」

さしもの陽一もこれはまったく想像していなかったようだ。抗議の声を上げると、机に頭を伏せてしまう。

「無理。絶対無理。三年になってからぜんぜん背が伸びてないの知ってるくせに。つーか先生、男は身長じゃないって言ったじゃんよ」

腕の隙間《すきま》から恨めしげな視線を投げかけられて、志水は笑った。声を上げて笑うなど、何年ぶりだろうか。

少なくとも両親が亡くなってからは、腹から笑った覚えは一度もない。馬鹿な真似をした父に対する憤りが胸の奥でずっとくすぶったままで、愉しいことは自分から避けてきた。

「ああ、男は身長じゃない。けど、この場合は身長がなにより重要だ」

なんでだよと愚痴り始めた陽一に、志水は笑うのをやめ、双眸を細めた。

陽一が志水を見つめ、息を詰める。

「他のことじゃ、おまえはすぐに飛び越えてきそうだからな」

志水の言葉を一言一句聞き逃さないよう真摯に耳を傾ける陽一。

常に全力で気持ちを傾けてくる陽一。

そんな陽一だから努力を惜しまず、自分の力のすべてを出し切り、大概のことなら達成してしまうだろう。他の条件など、危なっかしくてうっかり出せるはずがない。

志水の知る他の誰よりも、意志の強さでは群を抜いた人間なのだ。

陽一は一瞬目を見開いたが、ふふと頬を緩めた。

「だね。他のことだったら、俺、必死で越えちゃうよ。ぴょーんってさ」

教え子の頼もしい言葉を、志水はなんとも言えない気分で聞く。

なんと言い訳をしようと、志水の殺伐とした気持ちを潤し、慕われる心地よさを思い出させたのは陽一だ。そういう意味でも陽一は他の生徒とはちがうと、口にはしなかったが、実感していた。


あっという間に一ヶ月は過ぎていった。

前夜から急激に冷え込み、センター試験当日は予報通り厳しい寒さとなった。

陽一のラストスパートには目を瞠《みは》るものがあり、試験に絶対はないが、きっと努力は報われるはずだと志水は太鼓判を押した。昨夜、帰り際に激励した志水の言葉を、陽一は緊張した面持ちで受け止めていた。

時折小さなストーブで指先を温めながら、志水は予備校で出したプリントの採点をしていく。高校二年の英語を受け持っている志水の教え子たちはまだ来年まで猶予があるが、一年などきっとあっという間に過ぎるだろう。

三分の一ほど終えたところで、卓袱台に置いた腕時計で時刻を確認する。陽一はそろそろ会場に到着する頃だ。

過度に緊張してなければいいがと、昨夜笑顔を引き攣らせた陽一を思い出して、気がかりになる。

腕時計の横に置いた携帯電話が鳴った。相手は思ったとおり、たったいま案じていた陽一だった。

「会場についたのか」

いつもと変わらない口調で呼びかけると、長い吐息が聞こえてきた。それから、いくらか上擦《うわず》った声が耳に届く。

『先生、おまえはやれるって、言ってくれる？』

気弱な言葉を口にする陽一に、志水はどうしたと笑った。

「ぴょんと飛び越えるんだろ？　おまえがやると言って達成してこなかったことがある

か？」

束《つか》の間《ま》の沈黙。次に聞こえてきた声は力強かった。

『ない。俺は飛び越えるよ』

それでこそ陽一だ。誰より高く飛べばいい。

「ああ、いい知らせを待ってる」

『うん』

返事をした陽一は、先生と志水を呼んだ。

『ご飯食べに行く約束、忘れないでよ』

この期《ご》に及んでそんな心配ができるなら大丈夫だ。志水は吹き出し、ああと答えた。

「なんでも好きなもの奢ってやるから」

『愉しみ〜』

陽一の弾んだ声を最後に電話を終える。志水は心の中だけで頑張れと告げ、通話を切った。

プリントの採点を再開する。ともすれば気もそぞろになりそうなところを、いつも以上に集中して注意深くチェックしていった。

すべての採点を終えて再度時刻を確認すると、すでに昼時は過ぎていた。空腹を感じて、畳から腰を上げる。適当にインスタントラーメンでも食べてすませるかと、キッチンに立った。ちょうど鍋を火にかけようとしたとき、呼び鈴が鳴った。

近所のひとが回覧板でも持ってきたのかもしれない。志水は鍋を置き、玄関に足を向けた。

「はい」

ドアを開ける。訪問者は、見覚えのない男ふたりだった。スーツを身につけているが、訪問販売業者には見えない。商売人ならば、もっと愛想はいいはずだ。

ふたりとも三白眼気味の上目を志水に投げかけ、口の端に薄笑いを引っ掛ける。もとより友好的なものではない。片方など、くちゃくちゃと音を立ててガムを噛んでいるのだ。

「志水貴大さん？」

右側の、短髪の男が聞いてきた。

「はい。どなたで——」

警戒しつつ問いかけようとしたが、最後まで口にできなかった。男が強引にドアの内側に入ってきて、右と左から志水に迫ってきたせいだった。

ただならぬ空気を纏《まと》っている男たちに絡まれるような覚えは、志水にはまったくない。

「どちら様でしょう」

誰かと間違っているのか。だが、男は志水の名を口にした。

がらの悪い態度と眼光で威嚇してくる男に、落ち着けと自身に言い聞かせる。どう考えても心当たりはまったくないのだから狼狽する必要はない。

「しょぼいながらも、幸せな生活って？」

左の金髪の男が、ガムを噛みながら鼻で笑った。

「いったいなんですか。いきなり他人の家に入ってきて」

土足で上がってきた男たちに、眉をひそめる。

短髪の男が顔を近づけ、煙草臭い息を吐きかけてきた。

「なにを探っているんだ」

「……探ってる？」

意味がわからない。なにか勘違いをしているようだ。

だが、男は志水がなにかを探っていると思い込んでいる。

「惚《とぼ》けんなよ」

志水の鳩尾《みぞおち》を小突き、唾を飛ばして恫喝《どうかつ》した。

「創建のことを探るために息子に近づいたんだろうが。え？　家にまで入り込んで、なにを企んでる」

「…………」

創建、と口の中で呟く。

寝耳に水とは、このことだった。志水が陽一の家庭教師になったのは偶然だ。けれど、相手はそう思っていない。

いったいなぜ。

——創建のバックにはやくざがついてるんだよ。小学生のとき、実際にあいつらが口汚く脅しているのを見た。親父は——愉しそうに笑っていた。脅迫も、犯罪だよな。

ふと、陽一の言葉が頭によみがえる。

この男たちは、創建のバックについているやくざなのか。だとすれば、志水に探られてはまずいことが創建にはあるということだ。

一ヶ月前に会った陽一の父親の顔を思い出す。陽一とは似ても似つかない、狡猾《こうかつ》な表情をしていた。

「……なんのことなのか、わかりません」

金髪の男が志水の顎を掴んだ。

「わかりません？　そんなはずはねえだろ。坊ちゃんは、あんたのことしか信じねえって言ったんだとさ。坊ちゃんになにを吹き込んでるんだ。あ？」

指が顎に食い込む。

痛みに顔を歪め、志水は首を左右に振った。

「知らない……なんのことか、さっぱりわからない」

ちっと舌打ちをした男が、振り払うように志水の顎から手を離す。身体が傾ぐと、今度は髪を掴まれた。

「惚けるんじゃねえよっ」

こぶしが振り上げられる。がつっと鈍い音とともに志水は背後に吹き飛んだ。尻餅《しりもち》をつくと、すかさず襟首を締め上げられる。

「それとも痛い目みてえか！」

なおもこぶしが飛んでくる。が、志水に当たる寸前でもうひとりの男が制止した。

「おい、やめろ。顔を殴ったら坊ちゃんにわかるだろ」

気の荒い性格らしい金髪の男は、振り上げたこぶしの行き先を失って、苛立たしげに床を蹴《け》った。

煙草臭い息が吹きかけられる。

「いいか。馬鹿なことは考えず、これ以上坊ちゃんにも近づくな。でないと、次はどうなるかわからないぜ」

馬鹿なこととはなんなのか。志水になにを探られるのを怖れているのか。

男の右頬にある痘痕《あばた》を見つめながら考える。志水が気づいていないことを、この男たちは気づかれていると危ぶんでいるのだ。

「長生きしてぇんだろ」

金髪の男が殴り足りない様子で志水を脅し、床にガムを吐き捨てた。

男たちが去り、ドアが閉まってからもしばらくじっとしていた志水は、いま起こった出来事について考えていた。

先生のことしか信じないという陽一の一言で、志水が陽一を懐柔しようとしていると疑心暗鬼になった父親は、おそらく志水の身辺を調べたのだろう。そして、脅さなくてはならない事実を知った。

それはなにか。

志水の脳裏にひとつの疑念が湧き上がる。どうしていままでなにも疑わなかったのかと不思議になるほど、「創建」と父の口から出たことが気にかかる。

志水は立ち上がり、携帯を拾い上げた。メモリーから叔母の番号を探し当て、通話ボタンを押す。

『はい。林《はやし》ですが』

快活な叔母の声を耳にして、胸騒ぎは収まるどころか増していく一方だった。

「貴大です」

『あら、貴ちゃん。どうしたの？』

喋りにくいのは、口の端が切れたせいらしい。舌で舐めるとぴりっと痛んだ。志水は殴られた頬に手をやり、押さえたままで話を切り出す。

「じつは、お聞きしたいことがあって——。叔母さんは、創建という会社はご存じですか」

『創建？』

叔母の戸惑いは、携帯越しにもはっきりと伝わってくる。

『ええ、もちろん。創建には、ひどい目に遭わされたから』

血液が心臓に集中する。大きく鼓動が脈打ち始める。

『創建は、兄さんが所有していた土地を欲しがってたの。親から譲り受けた土地だもの、兄さんはがんとして譲らなかったわ。そのせいで創建に数々の嫌がらせをされて……仕事が減っていったの』

「…………」

ひとつの疑念が、次の疑念を生む。葬儀の席で叔母は「兄さんが無理心中するなんて、信じられない」と嘆いていた。

「それが理由で、父は自殺したんでしょうか」

『信じられないわ』

叔母は葬儀のときと同じ台詞を口にする。

『だって、貴ちゃんのためにもへこたれるわけにはいかないって言ってたのよ？　死ぬつもりなら、私にお金なんて借りに来る？　私にはどうしても信じられない』

妹だから信じたくないのだろうと志水は思っていた。だが、叔母は本気だった。叔母の話を聞き、志水の中にも明確な疑問が芽生える。

父は自殺をするような性格ではなかった。それゆえ、なぜと父に対する憤りを覚えてきたのだ。

『そういえば、この前弁護士さんが訪ねてこられたわ。え……っと、確かここに名刺があったはず——あ、これこれ。笹原《ささはら》さんっていう方。兄さんのことで話を聞きたいんですって。貴ちゃんの電話番号を教えたから、そのうち電話がかかってくると思うわ』

「——弁護士ですか？」

笹原という名に聞き覚えはない。いまさら父の件を調べてどうしようというのか。

『創建に訴えられたひとの弁護をするみたい。創建について調べていて、きっと兄さんのことも知ったのね』

「………」

どう考えればいいのか。混乱する頭を整理する必要がある。

創建と父の繋がり。たったいま志水を脅した男たち。弁護士。

「わかりました。ありがとうございます」

礼を言うと、叔母はため息をこぼした。

『貴ちゃん、水くさいわ。叔母さん、お金を返してもらおうなんて思ってないのよ。自分の兄に渡したお金だもの』

「すみません」

志水には謝罪しかできない。

「僕にできる範囲で返させてください」

馬鹿な意地だと自分でわかっている。勝手に亡くなった父への抗議なのかもしれないと思うときもある。けれど、息子である志水には大事な意地だった。

電話を切ると、鏡で顔を確認する。口許が赤くなっているので、じきに腫《は》れてくるかもしれない。

濡らしたハンドタオルで口許を冷やしながら、志水はパソコンを立ち上げた。

創建の後にあらゆる単語をつけて検索してみる。急成長を示すものと同じだけ、強引なやり口に対する警鐘の記事が見つかった。

迷った末に、自殺という語彙《ごい》を入力する。数件のヒットの中に、信憑性《しんぴょうせい》のありそうな記事を二件ほど見つけた。もしここに志水の父親を加えたなら、三件だ。この十年の間に創建に係わりのあった者が少なくとも四人亡くなっている。

偶然にしては多すぎないだろうか。

創建が志水建設の所有する土地を欲しがっていたという。よほど金を生む土地だったのか、父が首を縦には振らなかったせいで創建はあらゆる妨害行為に及んだ。結果、建設会社は立ちゆかなくなり、それを嘆いた父が無理心中を図った。

一見、筋道は通っている。だが、父親は自殺をするような性分ではなかった。それは息子の志水と実妹である叔母がよく知っている。しかも叔母は、へこたれるわけにはいかないという父の言葉を聞いている。

実妹に借金するくらいだから、父の覚悟は並大抵のものではない。

ひとつの可能性が頭に浮かぶ。

父は自殺ではなかった。それゆえ、加治は周辺を探られることを嫌うのではないか。

いったん芽生えた疑惑は脳裏にこびりついて離れない。

加治誠一。もし、あの男が父と母を――。

自身の中をいっぱいに占める怖ろしい可能性から志水は逃れられなくなった。

父の最期《さいご》の姿がフラッシュバックする。煩悶《はんもん》の色を滲ませた、悲惨な最期だった。あれは自身の愚かさを悔いたものではなく、他人の手により強引に奪われてしまう苦悩だったのだとしたら――。

ずっとひとつのことを考えていた志水は、部屋に鳴り響いた着信音に我に返った。

窓の外にはいつの間にか夕闇《ゆうやみ》が広がっていた。

携帯を手にすると、硬い表情で耳にやる。

『先生』

親しみのこもった声音を、素直には受け止められない。

陽一の屈託のない声は、志水の胸を昏《くら》く乱す。

「どうだった？」

頭ではべつの思いに耽《ふけ》りながら、陽一に問う。陽一は、たぶんと前置きしながらも声を弾ませた。

『まあまあできたと思う。先生のおかげ』

手放しで慕ってくる陽一に対して可愛いと思う気持ちは残っているのに、いまはもう優しい言葉をかけられない。陽一の笑顔を思い浮かべようとしても、一度見ただけの加治の顔が邪魔をする。

やくざを使って探るなと軽く脅しておけば、志水が怖がって逃げると高を括《くく》っているのだ。おそらくこれまで何度も同じ手を使ってきたのだろう。そうして、屈しなかった人間をどうしたのか。

三件の自殺。病死を入れたなら、何件になる？

「――お父さんの連絡先教えてもらえないか。ちゃんと挨拶をしたいんだが」

思案するよりも早く、言葉にしていた。

加治と話したところでどうにもならない。たとえ隠している事実があるにせよ、加治が簡単に尻尾《しっぽ》を摑ませるとは思えない。けれど、このまま気づかないふりをし続けるのは無理だった。

『――いいよ、挨拶なんて。この前会ったじゃん』

陽一がやんわりと断る。突然父親の連絡先を聞かれて面食らっているようだ。

「ああ、でも一応区切りだから。明日、センターが終わった時点でおまえの進路のことも含めて話をしたい」

もっともらしい理由を口にして、志水は事もなげに話を進める。案外平気で嘘をつけるものだと、妙に冷静に自己分析をしながら畳みかけた。

「やっぱり礼儀は通しておくべきだろう。半年も一緒にやってきたんだし、僕としてはちょっといい格好もしておきたいんだ」

志水の口先に、容易く陽一は騙《だま》される。躊躇《ためら》いつつも受け入れた。

『ケー番教えるけど……俺と母親しか使わない番号だから、親父が厭な態度とるかもしれない。もしなにかあったら、俺に言って。絶対我慢しないって約束して』

不安げに念を押されて、志水は笑い声さえ上げて承知する。内心では、志水が父親を疑っていると知ったら陽一はなんと答えるだろうかなどと残酷なことを想像しながら。

陽一から携帯の番号を聞いた志水は、陽一との会話を早々に切り上げた。その手で、聞いたばかりの番号を打ち込む。

知らない番号を見て、加治は無視するかもしれない。いや、それとも、家族しか使わないというから確認することもせずに出るだろうか。

コール音が途切れた。

『誰だ』

不機嫌な声は、加治のものだ。志水の予想は両方外れた。家族からではないと知りつつ、加治は電話に出た。

「お世話になっています。志水です」

名乗っても、加治に少しも慌てた様子はない。老獪《ろうかい》な男は、志水のような若造など歯牙《しが》にもかけず、簡単にあしらうつもりなのだ。

『番号は、陽一に聞いたのか』

強い語調で問う加治に、普通の親と同じく息子のことは気になるのかと腹の中で嘲笑《ちょうしょう》する。

当の息子は親を毛嫌いしている、自業自得だ、と。

「今日、加治さんからの使いだという客が訪ねてこられました」

携帯電話の向こうに耳を澄まして切り出せば、加治はふんと鼻を鳴らした。

『なにも知らんな。わしは忙しい。用がないなら切るぞ』

「よほど価値のある土地だったんでしょうね。父の土地は」

言葉尻にかぶさるように口早に告げた志水の耳に、小さく唸り声が届いた。

加治はしばらく沈黙し、その後、がらりと口調を変えた。

『いいか、おまえがなにを疑おうがなにも証拠はない。陽一に取り入ろうとした勇気は褒めてやるが、我が身が可愛いなら二度と陽一には近づくな』

加治の脅しを、志水は自分でも意外なほど冷静に聞く。

「近づいたら、どうなるんですか」

逆らったら、父のようになるんですか？

胸に冷たい風が吹くのを感じながら、静かに問いかける。

『やめとけと言っているのがわからないかっ』

脳に響くほどの怒声が耳を劈《つんざ》いた。真っ赤な顔で唾を飛ばしている醜い顔が容易に想像できた。

『いいか。調子にのるんじゃないぞ。おまえがなにを探ろうと、証拠など出てこない。おまえの親は自殺なんだ』

「――――」

志水は答えなかった。答える必要がないせいだった。

加治の脅迫こそが、志水にとっては証拠そのものだ。父の死になんらかの係わりがあるから加治は志水が嗅ぎまわっていると懸念し、息子に近づくことを嫌う。

『利口になるんだな』

その言葉を最後に、通話は一方的に切れた。志水は畳に携帯電話を放り投げた。

加治に対する嫌悪――いや、はっきりとした憎しみを感じる。加治が両親を死に追いやった。実感すると、胸の奥からひたひたと憎悪がこみ上げ、身体じゅうを支配していく。

あの男さえいなかったら、両親はまだ生きていたのだ。

――貴ちゃんのためにもへこたれるわけにはいかないって言ってたのよ？

叔母は正しかった。

叔母の話に耳を貸さず、父を責めることしかしてこなかった自分にも腹が立つ。父の性分を知っていれば疑ってよかったはずだ。

だが、おそらく加治の言うとおり証拠はなにもないのだろう。志水がどれほど探ろうと、無理心中という現実は覆らない。どうにもならない。

激情に胸をあえがせた志水の耳に、玄関のチャイム音が聞こえた。反射的にドアに目をやると、チャイムは二度、三度と続けて鳴った。

「先生。いるんだろ？」

遠慮がちな声がかけられる。

いま一番聞きたくなかった声、会いたくなかった人間。

志水の中に仄暗く、湿った感情が芽生える。

「先生――どうしたの？　なにかあった？」

ドア越しに問われ、志水は畳から腰を上げた。

追い返さなくては。いま顔を見てはいけない。陽一を前にして、自分がどんな行動に出るか予測がつかなかった。

「先生。ここ、開けて」

一方で、陽一の声を聞いていると心の隅から乾いていくのを感じていた。どうでもいいじゃないかと投げやりな気持ちがもたげてくる。

玄関に歩いていき、ドアノブに手をかける。志水が鍵を開けると、外から勢いよくドアが引かれた。

「先生」

志水の想像した通りの顔をした陽一がそこには立っていた。陽一は眉をひそめ、瞳を揺らし、不安を滲ませた声で志水の名を呼んだ。

穴の開くほど志水を見つめると、小さく息をつく。

「先生、大丈夫？　様子が変だったから、どうしたのかと心配になって」

言葉通り心底志水を案じている様子だ。急いできたのだろう、髪は乱れ、肩で呼吸をしている。

「――どうもしない」

おかしな話だと、志水は陽一を見返す。志水の家庭を壊した男の息子が、大丈夫かと心配しているのだ。これほどおかしなことはない。そもそも陽一と志水が顔を合わせていること自体がおかしいだろう。

「なら、いいけど」

陽一がほほ笑んだ。

「先生の声がちょっと変だなって思ったら、居ても立ってもいられなかった——恥ずかしいな、俺」

照れて頭を掻く陽一を前にして、この半年のことを志水は思い出していた。

こうなったのは、いくつもの偶然が重なった結果だ。志水の勤務していた予備校が倒産し、職を失った矢先にかかってきた友人の電話がきっかけだった。

本来ならば家庭教師の仕事は受けないのだが、経済的な理由があって志水は二つ返事で承諾した。それでも、陽一が志水を突っぱね続けたならば辞めるつもりだった。進学するつもりのない生徒に家庭教師は必要ないし、やる気のないまま教え続けたところでプラスになることはひとつもない。

が、陽一は志水を受け入れ、手放しで慕ってくる。様子がおかしいと感じただけで飛んでくるほどに心を傾ける。

「……先生の部屋って、初めて来る」

志水の背後に視線を向けた陽一が、興味深そうに室内を見渡した。

三和土に立ったままの陽一に、志水は身体を横にずらした。

「なにもないが、せっかくだからあがっていくか」

なぜ部屋に誘うのか、自分が信じられない。一刻も早く追い返すべきだと思っているのに、まったく別の言葉を口にする。平静を装い陽一を部屋に入れて、どうしようというのだろう。

「ほんとに？」

頭の中で自問自答する志水の心情にはまるで気づかず、陽一は瞳を輝かせる。若さのあふれた面差しにも喜色が浮かぶ。

お邪魔しますと小声で断ってから行儀よく靴を揃えて中に入ると、ジャンパーを脱いでから卓袱台の前に座った。

「綺麗に片づいてるね。先生らしい」

室内を見回した陽一が、上機嫌で頬を緩める。

「らしいって、なにが？」

キッチンに立ち、やかんをコンロにかけながら、志水は背後の陽一に聞いた。自分のなにを知っているというのだ。陽一はなにも知らない。

「あー……なんて言えばいいのかな。慎《つつ》ましやかっていうの？　無駄なものはないし、テレビもないってちょっと禁欲的な感じがするくらい」

褒め言葉のつもりで口にしているだろう陽一に、志水は腹の中で失笑した。無駄なものがないのは当然だ。テレビを買うくらいなら、少しでも早く叔母に返済したほうがいい。

「金がないからだ」

そうさせているのはおまえの父親だとぶちまけてやったら陽一はどんな反応をするかと、ふと、想像してみる。

青褪《あおざ》めるか。それとも真っ赤になるか。どちらにしても衝撃的なことにはちがいない。

「……え、あ、俺、そういう意味じゃなくて……」

陽一が、不用意な言葉を口にしてしまった己を恥じて声のトーンを上げる。

「なんていうか、清潔って意味だったんだ。先生は、なにもかもほんと綺麗……あ、変な意味じゃなくてっ」

必死で繕う陽一の言葉を、志水は背中を向けたままで聞く。陽一の声は、どこか遠いところで喋っているようではっきりしない。

この状況があまりに浮薄な感じがするせいだった。

「……や、そういう意味もあるけど……俺は」

陽一の言い訳が途切れた。どうやら言い訳よりも大切なことがあるらしい。長い吐息をついた陽一は、先生と上擦る声で志水を呼んだ。

「あのさ。試験終わってからも、俺と会ってくれる？」

口調は軽い。あえて陽一がそうしていることは明白だ。真剣になれば、志水が拒絶するのではないかと怖れているのだ。

「受験が終わったら、家庭教師は必要ないだろう」

それを承知ではぐらかす。ここで引くか、それとももう少し進むか、陽一に委《ゆだ》ねる。

しゅんしゅんと音を立て始めたやかんを見つめたまま志水が答えれば、陽一は一瞬の躊躇のあと、迷いながら口にしていった。

「だから、家庭教師とか関係なく――電話したり、たまに会ったりしたいなって思ってるんだけど」

怖々切り出されて、コンロの火を止めた。振り返った志水は、陽一を見る。陽一は上目を志水に向け、唇をしきりに噛んでいる。その顔は、期待と不安でやや引き攣っていた。

「どうして？」

この姿を加治に見せてやりたい。加治はどんな顔をするだろう。息子が、自身の手で死に追いやった人間の息子を一心に慕っている姿を見たら、あの醜い顔をなおも醜く歪めて志水を罵るだろうか。それとも動揺のあまり声も出ないか。

結果はどうあれ、笑える話にはちがいない。

「先生」

陽一の頬が赤らんだ。言い淀《よど》み、鼻に皺を寄せていた陽一だが、やがてその真摯なまなざしで志水を射貫く。

「先生が、好きなんだ」

まっすぐで、揺らぎない純粋な目だ。素直な陽一の気持ちが、そのまま瞳に表れている。

「ああ。そう言ってくれたな」

「じゃなくて！」

受け流した志水に焦《じ》れて、陽一は声を荒らげた。それと同時に立ち上がると、勢いよく身体をぶつけてくる。

「先生」

力任せに掻き抱かれて、痛みに志水は眉をひそめた。

「先生が好きだ。他の誰より」

「——陽一」

緩めてくれと身じろぎするが、陽一には通じない。がむしゃらに抱きつくばかりだ。

「先生だって、ほんとはわかってるんだろ。家庭教師とか、年上とか男とか、俺だっていろいろ考えたけど……どうにもならない」

少しでも離せば終わりだと思っているかのような勢いで志水にすがる。

激しい熱情を前にして志水は自分の手をどこにやればいいのか、迷う。同時に、自分で仕向けておきながら胸がちくりと痛んだ。

陽一が自身の感情を持て余しているのは、志水にもわかっていた。それゆえ見て見ぬふりをしてきたのだ。

大人に理解されず寂しさを味わってきた陽一にとって、初めての理解者である志水は特別な人間だろう。だが、それは雛が最初に目にしたものを親と思い込むインプリンティングと同じだ。大学に合格し独り暮らしを始めれば、きっと気づく。

「だから……勘違いしているんだよ、おまえは」

「ちがう！」

陽一は、喉を鳴らした。泣いているように聞こえ反射的に陽一を窺ったが、陽一は泣いていなかった。

燃えるような強い瞳には、一片の迷いもない。

その表情を目にして、志水はようやく頭が冷える。

「俺、いままでこんな気持ちになったことなんてない。受け入れてほしいなんて言わないから――先生だけは否定しないでよ」

「…………」

自虐的になるあまり陽一にここまで言わせてしまったことに、後悔が湧く。部屋に入れるべきではなかった。

陽一に打ち明けられるはずがないのに。おまえの父親は親の仇《かたき》だなんて言って陽一を苦しめても、なんの解決にもならないとわかっていたのに。

「無理強《むりじ》いなんてしない。ただ、会ってほしいだけなんだ。俺――大学に入っても休みには帰ってくる。先生の気が向いたときに会ってくれたら、それだけでいい」

痛いほどまっすぐな感情に志水は困惑し、返答を失う。無言のまま立ち尽くす志水をどう思ったのか、陽一はすがりつく手を緩め、眦を下げて苦笑した。

「駄目じゃん。先生、そんな顔しちゃ」

どんな顔をしているのか、自分ではわからなかった。だが、志水を見つめる陽一が、これまでしたことのないように切なげにほほ笑むので、よほどらしくない顔をしているのだろう。

「そんなんじゃ、俺が付け込んじゃうだろ？」

くしゃりと顔を歪めた陽一が、ふいに睫毛を伏せた。それでなくともすぐ間近にいる陽一がさらに近くなる。

唇に体温を感じて志水は目を見開いたが、それ以上なにもできなかった。陽一に対する同情心かもしれないし、どうせ先がないという投げやりな気持ちからかもしれない。

「なんでじっとしてんの？　先生が厭だって言わなかったら、俺……どうすればいいの？」

唇を何度も擦り合わせていた陽一が、ふたたびきつく志水を抱く。そうして、懸命に舌先で志水の唇を解きにかかった。

「先生……好き。本当に好きなんだ。俺には、先生しかいない」

熱く息を乱し、まるで懇願するかのごとく掻き口説《くど》く。

志水は陽一を拒絶する代わりに、引き結んでいた唇を解いた。すかさず侵入してきた熱い舌を受け入れる。

先生、先生と譫言《うわごと》のようにくり返しながら陽一はキスに夢中になる。陽一の唾液《だえき》が口中に入ってきても、志水は好きにさせた。

密着した胸からダイレクトに伝わってくる陽一の鼓動の大きさや、乱れた呼吸が志水の感覚を麻痺《まひ》させてしまったようだ。涙目になった陽一が志水の腰に硬くなった自身のものを擦りつけてきても、特に抵抗はしなかった。

「ごめ……っ」

謝罪しながら腰を揺らめかせる陽一のものは、あっという間に質量を増す。それとともに、陽一はまだ青臭い牡《おす》の匂いを発散し、志水を息苦しくさせた。

こんなのは堪《た》えられない。

一刻も早く終わらせなければ。

肩で呼吸をした志水は、早く逃れたい一心で陽一に手を伸ばす。小さく声を上げた陽一は、志水の手に石のようになった自身を押しつけた。

「……夢みたい」

吐息混じりの言葉は、そのまま志水の心情だった。まさか自分が陽一のものに触れるなんて、夢とでも思わなければやっていられない。

触れ合う身体に息苦しさを覚え、志水は陽一のジーンズの前を開き下着の中に手を入れた。びくりと跳ねた熱を包み込んだとき、抵抗も嫌悪もなかったことに自分で驚く。

上下に擦ってやると、陽一の口から喘《あえ》ぎ声が洩れる。

「せんせ……んっ」

狭い部屋に、陽一の息遣いと濡れた音が響く。自分の行為を受け入れられないまま、志水は奉仕する。

長くはかからなかった。陽一は喉の奥で呻くと、志水の手の中で震えながら果てた。

「……先生」

そうして、うっとりと、大事な名前でもあるかのように志水を呼ぶ。呼ばれた志水は自身への嫌悪感でいっぱいになった。

「——終わったんなら、離れろ」

流されて、馬鹿な真似をしてしまった。こんなことはすべきではなかった。

陽一の身体を無理やり離す。ティッシュで手を拭く志水に、陽一は気恥ずかしげな笑みを見せる。

「あー……ごめん」

乱れた衣服を整えてから、頭を掻いた。

「なんか——やだな。俺だけ盛り上がっちゃって」

言葉通りはにかむ陽一は、それでも志水をまっすぐに見る。被害者は自分、傷ついたのは自分だとそう思っているというのに、志水の胸を占めているのは罪悪感だ。

「先生」

陽一が志水の手に触れてきた。軽く握るだけで、それ以上求めてくることはない。

「明日、センターが終わったらまた来てもいい？　俺、ちゃんと言いたいことあるから」

真摯な表情で問われ、床に目を落とした。

白い雫《しずく》が落ちている。なんだろうと首を傾げたのは短い間で、それが陽一の吐き出したものだと気づいた志水は、唇を嚙んだ。

こんなところにはいられない。ここにいて、陽一と会う未来は考えられない。

「ねえ、先生」

甘えた声で念を押されて、志水は陽一の手からそれとなく逃れた。

「ああ、いいよ」

心の中とはまったくちがう返答をしながら、表面上だけで陽一にほほ笑みかける。

もう二度と会うことはない。これで終わりだ。

4

まさかあの父親が自害するなんて。

陽一《よういち》は、想像もしていなかった結末に思わず吹き出した。これが笑わずにいられるだろうか。

遺書もあったという。これまでの自分の悪行を悔いた、短い文章だったらしいが、もしそこれが本当だとすれば最期《さいご》の最期にやっとまともなことをしたと、少しは見直してやってもいい。

強欲で、身勝手で、周囲の人間を踏みにじることしかできない男。そんな奴《やつ》と血が繋《つな》がっているのかと思うだけで、虫酸《むしず》が走る。

だが、それも終わった。祭壇に飾られた写真を前にして、陽一は冷ややかな笑みを浮かべていた。

母親が選んだのだろう。狡猾《こうかつ》さの表れた普段の顔よりはよほど善人に見える写真が使われている。それでも、下瞼《したまぶた》の弛《たる》みが激しく、五十七という年齢よりも十も二十も老けた写真を選んでいるところに、母のささやかな腹癒《はらい》せが垣間見えるようだ。

「まさか、こんなことになるなんて」

清楚《せいそ》な喪服に身を包んだ母はさめざめと涙にくれる。普段は化粧気のない母だが今夜は薄い紅を引き、アップにした髪から覗《のぞ》く細いうなじと相まって、どこからどう見ても完璧《かんぺき》な未亡人だ。

慌てて新調したにしては喪服も身体《からだ》にフィットしていて、これまで目にしてきたどの母親よりも存在感があり、美しかった。

通夜に訪れた親族に肩を抱かれて頷《うなず》いていた母は、涙で濡《ぬ》れた瞳《ひとみ》を陽一に向ける。手を伸ばされて、仕方なく傍《そば》に寄った。

「陽一」

洟《はな》をすすり、両手で陽一の手を包む。悲しみの寡婦を演じている母に合わせて、仕方なく顔を曇らせた。

「突然こんなことになって……信じられないの。陽ちゃん、しばらくうちにいてくれるんでしょう？」

「ごめん」

陽一は大袈裟《おおげさ》な仕種《しぐさ》でかぶりを振った。

「明日の葬儀がすんだら、向こうに戻らなくちゃいけないんだ。どうしてもやらなきゃいけないことがあって」

母が濡れた睫毛《まつげ》を瞬《またた》かせると、白い頬《ほお》に雫《しずく》が落ちた。まるでテレビドラマのようだと、遠い出来事のようにそれを見つめる。

「大学、忙しいの？」

不安そうに問いかけられて、陽一はごめんと再度謝った。

「もう三年だからね。いろいろあるんだ」

留年だけはしないから安心してよ、と言葉にはせず母に告げる。大学なんて四年も行けば十分だ。その先はどうするか考えていないが、とりあえず、どこにも属さない自由な生活がしたかった。

「そう。しょうがないわね……大学を卒業して、早くお父さんの会社を継いでほしいわ。それだけがお母さんの望みなの」

笑顔で母親の言葉を聞き流す。誰が継ぐかと腹の中で吐き捨てながら。

もう昔のように反抗心を態度で表すほど子どもではない。本音と建て前を使い分けられるほどには成長したつもりだ。

「奥様」

家政婦の池永《いけなが》が腰を屈《かが》めて入ってきた。喪服姿であっても普段とまったく変わらず、憂い顔すらしてみせない池永に初めて好感を持った。

表面上悲しんで見せる親族達よりもよほど正直でいい。

何事か耳打ちをされた母親が、表情を一変させる。泣き濡れていた眦《まなじり》を吊《つ》り上げ、頬をひくりと痙攣《けいれん》させた。

「適当にお金を渡して、追い払ってちょうだい」

母の声が響き渡る。普段は聞き取りづらいほど小さな声で喋《しゃべ》るおとなしい母の剣幕に、通夜に訪れていた弔問客がぎょっとして一斉に母に注目する。

「線香だけでも上げさせてほしいと仰《おっしゃ》ってますが」

池永の言葉に、母はすっくと立ち上がった。これまでの鬱憤《うっぷん》を晴らすかのごとく、その面差しには強《したた》かさがあふれている。

「愛人が図々《ずうずう》しいわね。いいわ。私が会いましょう」

周囲が注視する中、部屋を出ていく母の背中はやけに逞《たくま》しく、陽一は内心で嗤笑《ししょう》していた。父が死んで、母は初めて愛人よりも優位に立てたのだ。おそらく母の心はいま躍っているだろう。

弱々しい印象しかなかった母の気強い部分を見て、人間というのはわからないと改めて思う。外見では推し量れない。それどころか、言葉でさえ不確かだ。

ひとは言葉や態度で表すものがすべてではない。それを陽一は三年半前に知った。思い出せばいまだ胸が疼《うず》いて、笑みを引っ込める。

子どもだった自分。志水《しみず》がなにを考えているかなどこれっぽっちもわからなかった。自分のことで精一杯でわかろうとしなかったのだ。

たった一日で世界は変わった。

キスして抱き合って、有頂天になっていた翌日。

センター試験会場からそのまま志水のアパートへ行った陽一は、一瞬、なにが起こったのか眼前の光景に目を疑った。

業者が荷物を運び出していて、そこに志水の姿はなかった。近くにいた管理人だという老人に事情を尋ねると、彼も面食らっているようだった。

急に本人から解約したいと連絡があったのが前日で、午前中に手続きをすませて出ていったと管理人は言った。手近な荷物だけを持って出て、残った家具等は処分してほしいと頼まれたのだと。

これほど急に——そうこぼした管理人に、陽一はどう答えればいいのかわからず、呆然《ぼうぜん》と立ち尽くすばかりだった。

昨日はキスしたのに。明日会いにくると告げたときも、いいよと答えてくれたのに。

どうしてと疑問ばかりが頭の中に渦巻いた。

連絡をつけようとして電話をかけたが通じず、「現在使われておりません」と告げる機械的な女性の声を何度聞き直したかわからない。

いったいなにが起こったのか。なにが悪かったのか。どこで失敗したのか。毎日毎日それぼかり考えて過ごした。あまりに考えすぎて、現実と妄想がごちゃ混ぜになってしまったほどだった。

俺とちゃんとつき合って。

用意していた陽一の告白は、結局宙に浮いたままになった。受け入れられることも拒絶されることもなく、陽一の中だけに残った。

そのせいだろうか。三年以上たつというのに、志水のことを思うたびに味わう胸の痛みはまったく薄れない。当時と同じ苦痛を陽一に与える。

陽一は親族の中からひとり抜け、二階の自室に上がった。

この部屋に足を踏み入れるのも三年半ぶりだ。大学入学のために家を出てから、なにかと理由をつけて一度も帰省しなかった。

家に戻る理由がなかった。会いたいひとはいないし、家というものに悪い印象しかない陽一にとって、わざわざ戻るべき場所ではなかったからだ。

以前とまったく変わっていない部屋を見回す。ベッド、机、書棚の位置。コンポやパソコンの置いてある向きまでが同じだ。

あまりに変わっていなくて、あの頃のことを容易に思い出せる。この部屋で必死に勉強したのは自分のためというより、成績が上がることによって志水に喜んでほしいという単純な理由からだった。

将来ひとりで生きていくつもりなら進学しておいたほうがいいと言った志水は、まるで早くひとりになりたくて足掻《あが》いている陽一の気持ちを見抜いていたかのようで、おそらくあの瞬間から、志水が自分にとって特別な人間になったのだ。

——家庭教師がいらないというなら僕は帰る。やってみるというなら、全力でサポートしよう。きみが決めてくれ。

そんなふうに言われたことなどなかった。それまでなにもかも父親が決めてきた。ろくに顔も合わさないくせにと反抗するのがせいぜいだったのだから、自分は他人を責められない立場なのだと陽一は思っていた。

部屋を探っていると言った家政婦に、きっぱりやめろと告げた志水は格好よかった。いかがわしい本などきっと持っていないだろうに、池永に自分も持っているなんて言ってくれて――。

「…………」

陽一はため息をこぼした。

三年以上も前の出来事なのに、昨日《きのう》のことのように思い出してしまう。この部屋は志水との思い出があまりに多すぎて、陽一には重苦しかった。

部屋に入ると、カーテンを開き、ついでに窓も全開にする。九月の生温かい空気とともに喧噪《けんそう》が室内に入り込んできて、現実に戻れた安堵で胸を撫《な》で下ろした。

厭《いや》というほど考えたから、いいかげん過去を振り返るのはやめにしたかった。

なぜ志水は黙って消えてしまったのか。いまどこでなにをしているのか。

答えの出ない問いを、自分の中でくり返す行為ほど不毛なことはない。あの頃から自分が少しも変わっていないと思い知らされるだけだ。

行方を捜そうとは思わなかった。一言もなく消えてしまった、それが志水の答えなのだ。しつこくつき纏《まと》うなという暗黙の返答だ。

だが、失恋もさせてもらえなかった恋心というのは存外長引くものらしい。一刻も早く忘れたいのに、忘れなければいけないというのに、なかなか難しい。

新しい恋の機会もあった。二の足を踏んでしまうのは、また唐突に終わってしまうのを怖《おそ》れているからだろう。

ベッドに腰を下ろすと、どっと疲労が襲ってくる。

悲しみの顔を演じるのも限界がある。演じ続けられる母は強い人間だと知る結果にもなった。

いま頃きっと、毒のない顔で冷ややかに愛人を追い払っているにちがいない。

ネクタイを緩めた陽一は、ごろりとベッドに横になる。天井を眺めていると、睡魔とともに三年半前この部屋で過ごした過去に引きずられそうになる。

がむしゃらだった自分。その後にやってくる衝撃にも気づかず、志水についていくことだけに必死だった。

——陽一。

志水が陽一を呼ぶ。

穏やかで、乾いた声で名前を呼ばれるのが好きだった。

「……先生」

思わず答えたその直後、ノックの音で我に返った。ドアを叩《たた》いたあとで控えめに陽一の名を口にしたのは志水ではなく、他の男だった。

ため息をついた陽一はベッドから身を起こすと、ドアを開ける。そこに立つ中年の男の顔には見覚《みおぼ》えがあった。

「松村《まつむら》です」

そう、松村だ。確か創建《そうけん》の副社長で、陽一も一、二度会ったことがある。父親はワンマンな社長だったため、副社長と言えども名ばかりだったらしいのだが。

「なんと言っていいか……このたびは、本当に残念なことになって」

悲愴《ひそう》な表情でお悔やみを告げる彼に、陽一はかぶりを振った。

「いいですよ。松村さんもほっとしてるんでしょう？　きっとあなたも苦労させられたんじゃないですか。なにしろ、裏でやくざと繋がっていたような社長だし」

松村が突然の訃報《ふほう》にショックを受けているのは事実だろう。だが、それ以上にほっとしたはずだ。父親のやり方に従ってはいたが、それは拒絶できなかったからで受け入れているわけではなかったのだと、父との短い会話の端々や彼の態度からなんとなく陽一も察していた。

それも当然だ。社員や家族の前でも恬然《てんぜん》としてやくざと連絡を取り合う人間に同調できるわけがない。

「そんな……」

陽一の指摘を否定しようといったんは双眸《そうぼう》をむいた松村だが、途中で気が変わったようで眉間《みけん》の皺《しわ》を解く。こめかみを押さえると、陽一に疲れた笑みを向けた。

「社長の死を嘆いている気持ちは、本当なのですよ。あの方は、良くも悪くもトップに立つ人間でした。それだけにどうしても暴走しがちになって……こんなことを坊ちゃんにお聞かせするのはどうかと思うのですが、最近は警察も疑い始めていました」

いいよ、と肩をすくめる。

父親の悪事を並べられようといまさらだった。ひとをひとをとも思わない傲慢《ごうまん》なあの男が潔白であるはずがない。己《おのれ》の利益のためなら、他人を排除することなど平気でやってしまうだろう。

父の死を喜んでいる人間は、ひとりやふたりではないはずだ。

松村は陽一の顔色を窺《うかが》いながら、言いにくそうに先を続ける。

「過去に係わりのあったひとが亡くなっていますし、一年前には笹原《ささはら》さんの事故死がありました。証拠がなかったので結局警察も事故として処理したそうですが、当時は社長が絡んでいるのではないかと疑われていて、社長も社員もぴりぴりしていました。そんな状態でもし次になにかあったなら——おそらくこれまでのようにはいかなかったでしょう」

なにかある前に父が亡くなったのは、会社にとっても幸運だったのだ。父が生きていたなら、会社も共倒れになった可能性は大いにある。

そういう意味でも、父の死はいいタイミングだった。

「信じられないですよね。自殺なんて」

誰にもその死を嘆いてもらえない父を憐《あわ》れだと思う。だが、父には似合いの最期だ。

「ええ。社長はどれほどの危機に陥ったとしても、自ら命を絶つようなひとではないと思っていたので」

松村の言葉に、陽一は頷いた。自害をするような人間ではないと誰しもが不思議がっている。ましてや己の所業を嘆いた遺書を残すなどあり得ない、と。

万が一自害だったにしても、誰かにそう仕向けられたのではないか。そう考えたほうがよほどしっくりする。

「笹原さんというのは？　親父に恨みを抱《いだ》いていたひと？」

陽一の問いかけに、逆ですと松村は否定した。

「あの社長が、笹原さんには相当まいっていました。笹原さんは、創建に不当に訴えられたという依頼主のために動いていた弁護士さんです。しつこく探ってくる笹原さんに、社長が激昂《げっこう》する場面はめずらしくなかったですね」

口振りから、松村が父ではなく笹原という弁護士に同情しているのは明らかだった。笹原という弁護士の事故死に父がなんらかの関係があるのではないかと疑っているようにも聞こえる。

「そのひとは、どうやって亡くなったんですか」

ふたりとも亡くなったあとでは事実を明らかにするのは無理だろうが、父が手にかけたかもしれない笹原に対して、陽一は無関心ではいられない。

「交通事故です。睡眠薬を服用した直後に運転されて、ハンドル操作を誤り中央分離帯に突っ込んだそうですが」

「――が？」

言い方に引っかかりを感じて、問い質《ただ》す。

松村は、苦い顔をした。

「わかりません。笹原さんは、私もお会いしましたがじつに慎重な方でしたし、息子さんは、笹原さんが睡眠薬を飲むことは絶対にないと断言されたみたいです……笹原さんが亡くなったのは、社長と連絡を取り合ったその日でした」

やはり松村は疑っている。連絡を取り合ったその日に亡くなるなど、偶然にしては確かに出来過ぎだ。

「そのひと、息子がいるんだ？」

「ええ」

松村は神妙な顔のままで頷いた。

「おふたり、息子さんがいらっしゃると聞いています」

松村ですら疑っているのだ。息子たちが事故を鵜呑《うの》みにしたとは思えない。疑念を抱いていたとしても当然だろう。

「松村さんは、会ったことある？」

「息子さんにですか」

そうだと頷くと、松村は首を左右に振った。

「ありません。先方も創建とは係わりたくないでしょう」

苦い笑みを浮かべた松村に、陽一も同意を返した。

父の死はテレビのニュースでも流れた。笹原の息子たちは、いま頃手を叩いて喜んでいるにちがいない。

「そりゃそうだ」

声を上げて笑えば、松村が愁眉《しゅうび》を開く。

ドアの外から松村を捜す声が聞こえた。どうやら松村は誰にも言わず陽一の部屋を訪ねてきたらしい。

「それじゃあ、私はこれで」

慌ただしく挨拶《あいさつ》をして出ていく松村の背を見送り、ドアが閉まるのを待ってから、陽一はジーンズの尻《しり》ポケットから携帯電話を取り出した。

「笹原」「弁護士」「事故死」で検索する。笹原法律事務所のサイトがヒットした。笹原の下の名は保《たもつ》だ。

有名大学の法科を卒業後、検事をへて、十年前に弁護士になっている。弁護士見習い森村《もりむら》のブログというのを見つけ、そこへ飛ぶ。

最終更新日は一年以上前だ。

葬儀の参列者への謝礼が切々と綴《つづ》られている。志半ばで事故に遭い、笹原はさぞ無念だろうとそこには書かれていた。

笹原の突然の死を嘆くコメントの数は膨大だ。笹原保はおそらく部下にも依頼者にも愛される人間だったのだろう。

父とは正反対だ。正義感あふれる笹原に追い詰められて、父はさぞかし笹原を邪魔に思ったはずだ。

その三日前のブログを読む。笹原の悲報を告げていた。

葬儀の日時、場所。喪主。

「喪主――桐嶋東吾《きりしまとうご》」

名字はちがうが、喪主というからにはおそらく息子だ。桐嶋東吾という名を脳裏に刻む。

ネットで大まかな情報を得た陽一は、携帯電話をふたつに折るとふたたびベッドに横になった。

笹原保。桐嶋東吾。父が手をくだしたかもしれない男と、その息子。桐嶋東吾はもう父の死を知っているだろう。やっと枕を高くして眠れると喜んでいるにちがいない。

陽一は目を閉じた。

瞼の裏に、顔も知らない笹原と桐嶋の姿が陰影となって現れる。次第にそれは、志水の怜《れい》悧《り》な顔へと変わっていった。

先生……。

無意識のうちに胸中で名を呼び、陽一は胸を震わせた。

もう関係ないのだと思う一方で、どこでなにをしているのか気になるのはどうしようもない。

父親が死んで、明日は葬儀だというのに悲しむどころか他のひとを思ってばかりいる自分の薄情さには、やはりあの男の血が流れているせいだろうと漠然とながら考える。が、悲しむふりをするのも馬鹿馬鹿しくて、一晩、笹原の息子や志水のことを考えて過ごした。

自分の前から突然姿を消してしまった志水。

父が消してしまったかもしれない、笹原。そしてその息子。

ぐるぐると考え続けて、一睡もしないまま朝を迎える。

翌日の葬儀でも、どれほど頑張っても一滴の涙も出なかった。

その点、女というのはすごい。母は、伴侶を失った女性の役を見事に熟《こな》し、周囲の人間の同情を集めていたのだから。母のおかげでしめやかな雰囲気の中、葬儀は滞りなく終わった。

火葬場では親族だけになり、周囲の目を気にする必要がなくなった気安さからか、誰しもの顔に一仕事終えた安堵が滲《にじ》む。親族に囲まれた母も手にしていたハンカチで涙を拭《ふ》いてから、ぴたりと泣くのをやめた。

煙になった父を、陽一はなんの感慨もなく見届けた。

あんたの行き先は地獄だろうな。それが父に最後にかけた言葉だ。

火葬場から戻ると、慣れないスーツからシャツとジーンズに着替え、早速サイトで知った住所を訪ねていった。夏の終わりを惜しむかのごとく日差しは厳しく、うだるような熱気の中、電車を乗り継ぎ足を運んだ。

が、ビルの三階に、期待した事務所はすでになかった。ヘアサロンに変わっている。笹原法律事務所は影も形もない。

ヘアサロンのスタッフに聞いてみても、なにも知らないという。無駄足になったかと肩を落とした陽一は、からからに渇いた喉《のど》を潤すため近くの喫茶店に入った。

カウンター席に座り、アイスコーヒーを注文して、なにげなくマスターに水を向ける。

「この近くに、法律事務所があったはずなんですが」

初老のマスターは白髪頭を左右に振り、顔を曇らせた。

「いまはもうないよ。笹原さんが事故で亡くなってすぐに事務所は畳まれたから。本当にいいひとだったのに」

重い吐息をこぼし、笹原の死を心底嘆いている様子だ。一年もたっているというのに、その表情からも声音《こわね》からも当時の衝撃が伝わってくる。

「そうだったんですか。あとを継ぐ方はいらっしゃらなかったんですか？」

陽一の問いに、マスターは憂い顔のまま答える。

「息子さんがいるんだけどね」

桐嶋東吾、ともうひとりだ。

「おふたりとも別の立派な仕事を持っているから、事務所を存続させることは無理だったんじゃないかな」

「おふたりいらっしゃったんですか」

ふたりと知りつつ問いかける。もうひとりの名前も知っておきたかった。

そう、とマスターが顎《あご》を引く。

「桐嶋くんと田宮《たみや》くん。名字がちがうのは、義理の息子さんだからって話だ」

三人とも名字がちがうのは、義理の関係のせいか。複雑な家庭というのは案外そこここに転がっているものだ。

「そう。桐嶋くんはバーやクラブを何軒も持ってて夜の街じゃ結構名が知れてるって話だし、田宮くんは人材派遣会社の社長さんだ。知らない？　HONEST。若いのにやり手の息子さんたちで、笹原さんはよく自慢していたよ」

情報を聞き逃さないよう、一言一句記憶していく。

やり手の息子たちは、笹原の死をどう受け止めただろう。笹原の一周忌の直後に父が亡くなったのは、果たして本当に偶然なのか。

聞けば聞くほど疑問が湧《わ》いてくる。どう考えればいいのかまだ陽一にはわからなかった。はっきりしているのは、笹原の残された息子への強い興味だ。もしかしたら、父に制裁を加えた人間かもしれない――他人に話せば一蹴《いっしゅう》される空想だと承知していながら、一度浮かんだ可能性に陽一は固執してしまう。

自殺とされているいまの状況より、笹原の息子たちにはめられたと言われたほうが納得できる。いや、そうあってほしいと陽一は願っているのだ。

父には反省も後悔も似合わない。

「どこへ行けば息子さんに会えるかわかりますか。笹原さんに手を合わせたいので」

神妙な顔で告げた陽一の言葉をマスターは信じてくれ、ちょっと待ってと奥へ引っ込む。

二、三分で戻ってきたマスターの手には、葉書があった。

「葬儀の礼状なんだけど、これは――笹原さんの自宅の住所になってるな。けど、隅っこに書いたこっちは、たぶん桐嶋くんの携帯番号をメモっておいたものだ。田宮くんのほうは、電話帳で調べればすぐにわかると思うよ」

「あ、じゃあ、携帯番号だけお願いします」

マスターの了解を得て、走り書きされた数字を携帯電話に登録する。HONESTは、マスターの言うとおり電話帳で調べればすぐにわかるのだろう。

連絡先を知ってどうしようというのか、自分の中でもあやふやだ。彼らに会いたいのかどうかすら、まだ判然としないのだ。

桐嶋東吾の携帯番号を控えた陽一は、アイスコーヒーを飲む間だけ喫茶店に留《とど》まり、すぐに腰を上げた。

帰りは自宅マンションへ直接向かう。実家には立ち寄らなくていいよう荷物は駅のコインロッカーに預けてきたため、母の顔を見なくてすんだ。

大学入学とともに独り暮らしを始めたマンションは二LDKで、学生には分不相応な物件だ。十畳のリビングダイニングにはソファとローテーブル、フローリングに直接置いた液晶テレビくらいしかないので、広々としている。

八畳の和室と洋室のうち、和室はほとんど物置で、洋室は寝室として使っているのだが、生活感が一番あるのは寝室だった。ゲームもパソコンも、とりあえず必要なものはみな寝室に置いてある。

家賃がいくらなのか正確には知らないが、けっして安くはないはずだ。見栄っ張りの父親が勝手に契約したものだし、愛人にはもっと金を使っているのだと思えばわずかの後ろめたさもなかった。

それに結局、父の個人資産は母と陽一に相続されることになったのだ。母など、これまで苦労を強《し》いられてきただけに、葬儀の後で弁護士から遺産相続についての説明を受けていたときには口許《くちもと》が綻《ほころ》ぶのを抑えきれない様子だった。

皮肉な話だ。いま頃強欲な父はあの世まで金は持っていけないことを嘆き、臍《ほぞ》を嚙《か》んでいるだろう。いまほど、あの世というものが存在すればいいと思うことはない。死が終わりなら、父にはあまりに都合がよすぎる。

冷房のスイッチを入れると、肌に浮いた汗が一気に引いていく。バックパックをリビングのソファに放り投げた陽一は、冷蔵庫からミネラルウォーターのペットボトルを取り出し、直接口をつけて飲んだ。

人心地つくと、ジーンズのポケットから携帯電話を取り出す。桐嶋東吾のものだと教えられた番号を、陽一はすでに諳んじることができた。

電話をかけるつもりはない。桐嶋と話したところで、意味があるとは思えない。先方はきっと加治の息子の顔など見たくもないだろう。それでも、番号を登録しておくのは、「いつか」「もし」という気持ちが陽一にあるからだ。

父の死に桐嶋がなんらかの関係をしていたら――その考えも拭《ぬぐ》いきれずにいた。

携帯電話を片手にソファに腰かけた陽一は、父の死に顔を瞼の裏によみがえらせる。首を吊ったと聞いているが、葬儀屋の努力の賜物《たまもの》なのか、肌が紙のように白く乾いていたという以外は特に変わったところはなかった。むしろ、父には相応《ふさわ》しくないほど綺麗《きれい》な顔だった。

自分が苦悶《くもん》の表情を期待していたのだと、父の死に顔を見て陽一は気がついた。

なんて息子だ。親の安らかな死を望まない子など、非情にもほどがある。

だが、創建の加治の息子としては合格だろう。物言わぬ父を見下ろしてなお愁傷の念が微塵《み じん》も湧かなかった自分を、似たもの親子だと腹の中で嗤笑した。

平穏な日々が過ぎていく。

一方で陽一は桐嶋の携帯番号を消せなかった。約二ヶ月の間迷った末、桐嶋東吾に会おうと決心したのは、いろいろと情報を集めているうちに桐嶋という男に対して強い興味を抱いたからだった。

三十という若さで九つの店を持つ彼は、半分以上の年月をひとりで生きてきた人間だ。十五で夜の世界に入り、陽一と同じ二十一のときにはバーを任されていて、二十三で自身がオーナーとなる最初の店をオープンさせた。

その後も順当に増やしていった彼の名は、夜の街で知らないものはいないほどだという。

恋人と呼べる女性はこれまで何人もいたが、長続きはしない。大概は女性のほうから離れていく。と、これは陽一が知人のつてを頼り、興信所に調べてもらった情報だった。

桐嶋という男は常に先を見据えていて、生き急いでさえ見える。

もし、父が自殺ではなかったとしたら。

誰かの手によって陥れられたのだとしたら。

情報を得れば得るほどそれは桐嶋東吾しかいない、そう確信していた。

桐嶋に会おうと決めるには、ひとつのきっかけがあった。何度か足を運んだ桐嶋のホストクラブの前で、桐嶋本人を見かけたためだ。

その圧倒的な存在感は遠目にもかかわらずびりびりと伝わってきて、その瞬間、陽一の目は釘付《くぎづ》けになった。ひとりで生きてきた男は自信に満ちあふれ、独特のオーラを放ち、他を寄せつけない。

どうしても間近で接してみたくなったのだ。

「いまオーナーがみえるので、このまま待っててくれるかな」

ホスト希望だと店を訪ねていくと、mariposa のマネージャーだという実直そうな男に事務室へ案内された。ホストクラブの事務室というからもっと華美で洒落《しゃれ》た雰囲気なのかと思っていたが、テレビドラマで見るのと変わらないごく普通の事務室だった。奥の壁際にはスチール棚があり、その手前にローテーブルとソファが置かれている。半分外されたパーティションの向こう側には、小さなキッチンがあるようだ。

Pタイルの床は染みひとつない。

ソファに座り何度か脚を組み替えながら、陽一は、桐嶋東吾と顔を合わせる瞬間を緊張して待っていた。

名乗ったときに彼がどんな表情をするか、想像しただけで落ち着かなくなる。

上にのせた右足を小刻みに揺すっていると、ドアが開いた。「オーナー」と呼んだマネージャーの声に、座ったままで陽一は事務室に入ってきた男を見上げた。

目が合った瞬間、ぞくりと背筋が震えた。腹の中まで見透かされてしまいそうなほどの鋭い眼光に、思わず生唾《なまつば》を嚥下《えんか》する。

「このひとが桐嶋さん？」

内心の動揺を押し殺し、ことさら軽い調子で切り出した。

桐嶋からの返答はない。隙《すき》のない視線で陽一を値踏みしていく。

その桐嶋を、陽一も熟視した。

眦の切れ上がったきつい印象の目。細い鼻梁《びりょう》と、口角のやや上がった大きめの唇。緩く後ろに撫でつけられた髪。

目の動きや仕種、どこにも隙を感じさせない大人の男だ。

陽一よりも十センチほどは上背があり、あつらえたスーツが板についている。腕時計はフランクミュラーで、他に装飾品の類《たぐい》はない。

この男が、桐嶋東吾。

「無理だと断ったのですが、オーナーは必ず会ってくれるはずだというものですから」

マネージャーの言葉を受け、ソファに腰かけた桐嶋が頷いた。

「加治《かじ》――くんだったか」

途中で切ったのはきっと故意だろう。加治の名に無頓着《むとんちゃく》ではいられないのだ。

「そう。加治陽一。あなたの店で働きたくて」

速くなる鼓動を宥《なだ》めながら、陽一は名乗る。まるで憧《あこが》れのアイドルにでも会えたかのような興奮の仕方だと、自分に呆《あき》れていた。

「年はいくつだ」

「二十一」

「経験は？」

「まったく」

桐嶋の質問に間髪を容《い》れず答えていく。内心の浮つきを悟られたくなかった。

桐嶋は目線でマネージャーに下がるように合図を送った。マネージャーが事務室を出ていくと、ふたりきりになる。

緊張はピークに達していたが、顔には出さないようゆっくりとした動作で脚を組み替えた。

「三十歳で九店舗も持っているんだってね。すごいな。もしかしてあんたも裏じゃ、あくどいことしてんじゃねえの？」

挑発的な言葉をかけてみたが、桐嶋は眉《まゆ》ひとつ動かさない。無言で煙草《たばこ》に火をつける。

「なあ、俺もあんたみたいになれるかな。将来的には自分の店を持ちたいんだよね。どうすればあんたのように――」

「おまえ」

用意してきた台詞《せりふ》を手順通りに述べている最中に、桐嶋が割り込んだ。低く、よく通る声に圧倒される。

「早く本題に入ってくれないか。俺も暇な身じゃない」

まっすぐ見据えられて、陽一は全身の血液が逆流したかと思えるほどの昂揚を覚えていた。やはり、桐嶋だ。桐嶋のような男が、自分の父親を貶《おとし》められて泣き寝入りするはずがない。

「本題って、さっきから言ってるじゃん。俺を雇ってくれって」

桐嶋の双眸が、疑心を隠さずすいと細められた。

「なら、質問を変えよう。創建の加治の息子が俺になんの用だ。俺は、この手の偶然は信じない」

いまや鼓動は早鐘のように脈打っている。桐嶋が自分のことを認識していたと知り、指先まで震えた。

「あー、いきなり直球で来る？ 怖い顔しないでよ。べつに他意はないんだから」

おそらく、陽一にとって父親はすでに過去になってしまっているのだ。父親の死とは関係なく桐嶋という男に強い共感を覚えている。

複雑な家庭環境にあって、若い頃からひとりで生きてきた桐嶋は強かで、どんな場面にあっても自身の目的を遂行していく。誰にも屈しない男だ。

「知ってると思うけど、親父《おやじ》、自殺したんだよ。二ヶ月ほど前。遺書も残ってた。これまでの悪行に対する詫《わ》びが連ねてあったんだってさ。俺的には、ちょっと信じられねえって感じなんだよね。あの強欲ジジイが金残して死ぬなんて思えねえ。殺されたっていうんなら、しっくりくるんだけど」

それで、と無表情で先を促される。

陽一は桐嶋の雰囲気に呑まれ、それを隠すために、つい饒舌《じょうぜつ》になる。

「俺はあいつが死んだって聞いたとき、思わず笑っちゃったよ。嬉《うれ》しくて。もし誰かが殺してくれたんなら、感謝したいほどだった。でさ、ちょっと調べてみたんだ。そうしたら、親父に歯向かえて、かつ自殺にまで追い込むことが可能な人間がひとりだけいた。財力があって、腹が据わっていて、やくざと繋がりまである男」

一気に捲《まく》し立てた後、桐嶋をひたと見据えた。

「あんたじゃないの？　あいつを殺してくれたのは」

どうしてだろう。桐嶋であってくれと祈るような気持ちにすらなる。父は手にかけられたというなら、その相手は桐嶋であってほしかった。

桐嶋は恬《てん》として聞き流す。

「期待を裏切って悪いが、なんの話だかさっぱりわからない」

望んだ答えが返ってこなかったことに、陽一はうろたえた。暴くために来たのではないと、自分の意図を主張しようと身を乗り出す。

「べつに恨んでなんかいないって言っただろ？　さっきも言ったように感謝してるくらいだって」

「それが俺の店で働きたいって理由か？　おまえがどう思おうと自由だが、俺は知らないというしかないな」

ごまかしているようには見えない。陽一には、ちらりとも腹の中を探らせてはくれない。

「雇ってくれないってこと？」

素《そ》っ気《け》ない反応に、焦りを覚える。二ヶ月も考えてやっと会う決心をしたのに、このまま引き下がるわけにはいかなかった。なにがなんでも桐嶋の店に入りたい。その一心で食い下がる。

「俺が雇うのは、店の役に立ってくれる人間だけだ。個人の事情なんて関係ない」

吸いさしを灰皿に放り込んだ桐嶋は、すぐに二本目を唇にのせる。洗練された大人の仕種であると同時に、桐嶋にはどこか陰の部分も垣間見える。

陽一は桐嶋を観察しながら、微《かす》かな嫉妬《しっと》を感じていた。

陽一が煙草を吸わないのは、父の愛人に対する嫌悪からだった。が、いまは少しちがう。

――おまえの背丈が俺を抜いたら、考えてやらないこともない。

軽い気持ちで口にしただろう志水の一言のせいだ。馬鹿みたいだとわかっているのに一度も吸わず――なのに身長はまったく伸びなかった。桐嶋のように喫煙者でありながら百八十を越える長身の男もいるというのに。

桐嶋は陽一が持っていないものをすべて持っているような気がしてくる。

ひとりで生きていく強さ。何事にも動揺しない心、そして実行力。

「俺は？」

志水のことを思うとき必ず覚える胸の痛みを押しやり、桐嶋の指先から顔へ視線を上げた。

「役に立たない？　マジであんたのところで働きたいんだけど」

陽一の申し出を、桐嶋は鼻であしらった。

「おまえは俺が父親をどうにかしたと思っているんだろう？　そんな危険な奴をどうして雇う必要がある。いつ寝首をかかれるかわからないのに」

「そんなことしないって言ってる。俺はただ、あんたみたく夜の世界で生きていきたいだけなんだよ」

どれほど言葉を尽くそうと、桐嶋には理解できないかもしれない。だが、陽一は本気だった。

桐嶋のようになりたい。たったひとりでも揺らがない、強い人間になりたい。桐嶋に会いにきたのは、ただそれだけの理由なのだ。

「だったら、寝首をかかれてもいいと俺に思わせてみろ」

ぴしゃりと告げられ、唇を引き結んだ。簡単には信用できないというのだろう。それは当然のことだ。

陽一にしても容易《たやす》く信頼されるとは思っていなかった。時間がかかるのは覚悟の上だ。相手にされただけましと言えるだろう。

ソファから立ち上がった陽一は、ドアに足を向けた。出て行く前に桐嶋を振り返り、わかったよと告げる。

「明日も来る。あんたがその気になるまで、毎日来るから」

桐嶋はもう陽一を見ていない。ソファの背に身体を預け、天井に向かって煙を吐き出している。

「俺は毎日この店に来てるわけじゃないぞ」

素っ気ない返答に、陽一は無言で頷いた。

mariposa を出た陽一は、携帯電話で時刻を確認する。八時前だ。

どうしようかと思案したのは一瞬で、ものはついでと弟である田宮の会社も見ておくことにする。

桐嶋と田宮は種違いの兄弟だが、仲は円満らしい。桐嶋が定期的に弟のマンションを訪ねていることは、つてで頼んだ興信所の人間から耳にしていた。

電車を乗り継ぎ、オフィス街までやってくる。そのときには九時近い時刻になっていて、すでに就業時間の過ぎたビル街に往来するひとは疎《まば》らだった。

昼間に沈殿した外気は夜風で冷やされ、頬に心地よく触れる。

脱色をくり返してぱさぱさになった髪を風になびかせ、陽一はビルの上階を仰ぎ見た。

HONESTは、オフィス街のど真ん中にある三十階建てのビルの二十五階と二十六階にあると聞いている。設立は二〇〇三年だから、まだ五年の若い会社だ。兄弟揃《そろ》って商才があるのだろう、間違いなくふたりとも成功者と言える。

自宅の住所も判明している。桐嶋は独り暮らしだが、田宮には通いのハウスキーパーがいるらしい。それから、友人らしき男も頻繁に通っているというので、田宮のほうが桐嶋よりも人付き合いはうまいのかもしれない。

しばらくビルを眺めていた陽一は、風で乱れた髪を右手で押さえて、足を踏み出した。

近いうちに田宮にも会ってみたい。桐嶋の顔を知ったいま、弟の顔も見たくなった。似ているのだろうか。それとも、異父兄弟というので桐嶋とはちがうタイプだろうか。

笹原の息子たちに振り回されている自分に苦笑した陽一は、妙な昂揚感に浸りながら夜道を駅へと急いだ。

5

田宮のマンションを訪ねてきた桐嶋が帰る頃を見計らい、志水は顔を出した。桐嶋は忙しい身でありながら定期的に弟の様子を窺いにやってくる。

笹原が亡くなった後にしばらく田宮が荒れていたせいで、兄としては気がかりで放っておけなくなったのだという。

桐嶋が志水を雇ったのもそのためだった。表向きは田宮と契約を交わしている志水だが、本来の役割は別にある。田宮の様子を逐一桐嶋に報告することこそが、志水の仕事だった。

田宮当人も知らないだろう。兄とハウスキーパーの間にどんなやり取りがなされたのか。

少しでもおかしなところが見えたら、すぐに連絡すること。飲みに出かけるときは、桐嶋の店に行くよう言いくるめること。

田宮が考えている以上に、桐嶋は過保護な兄だ。

桐嶋がその大役を志水にあてがった理由はひとつ。志水の両親も、彼らの義父同様に創建の餌食《えじき》になったからだった。

同じ目的を持つ人間だから、加治への復讐心を静かに燃やしていた田宮の傍にいることを許された。そうでなければ桐嶋は、弟に近づく人間はことごとく排除するにちがいない。

それも近頃終わった。

加治が自殺をしたために、田宮の心から復讐心が消えた。相変わらず義父の死を嘆く気持ちは残っているようだが、時間が癒《いや》していくだろう。いまの田宮に必要なのは監視ではなく、時の流れだ。

加治の件が片づくと同時に役目が終わるはずだった志水だが、新たな役割を担った。田宮のもとに入り浸る伊佐《いさ》を見張るというものだ。伊佐を嫌いだと言う言葉に嘘《うそ》はなく、桐嶋は伊佐を警戒している。奔放な伊佐が田宮を傷つけないか、常に案じている。

自由に生きてきた人間は自身を守るために他人を簡単に裏切ることを、桐嶋はよく知っているのだ。

おそらく、志水に対しても油断をしているわけではないだろう。他人を容易に受け入れる男ではない。

「なにがあった」

桐嶋が不機嫌な顔で問う。ぎくしゃくしている田宮と伊佐に苛立《いらだ》っている様子だ。

「ちょっとしたことですよ」

志水は、経緯を説明した。

このマンションの家賃を自分も払うと伊佐が言い出したのが始まりだ。伊佐は別にアパートを借りているし、建設現場に出るとしばらく訪ねてこられないために田宮は伊佐の負担を考え辞退した。それが伊佐には気に入らなかったようだ。

痴話喧嘩《げんか》だと言った志水に、くだらないと吐き捨てた桐嶋は、苛立たしげに前髪を掻き上げた。

「志水」

低く名を呼ばれ、はいと答える。

桐嶋は渋い表情のままで先を続けた。

「身辺に気を配ってくれ」

いつもの指示だ。田宮の身辺に気を配るようこれまでも何度か命じられてきた。いつも通り返事をしようとした志水だが、その後の桐嶋の言葉に二の句を失った。

「今日、加治の息子が店に来た。まだ目的ははっきりしないが、頼むぞ」

加治の息子？

俄《にわか》には誰のことなのか理解できなかった。

「加治陽一。ホストになりたいそうだ」

数年ぶりに耳にした陽一の名に、ようやく志水の中で自分の知る陽一と桐嶋の口にした名が繋がる。

陽一が、店に来た？　なぜ？

疑問と同時に不安が一気に膨れ上がる。

陽一は、なんの目的で桐嶋に接触してきたのか。なにかを嗅《か》ぎつけたのか。父親の死に桐嶋が関係していると悟り、近づいてきたのか。だが、桐嶋は陽一の手に負えるような男ではない。

一瞬のうちにあらゆることを考えたが、なにも結論はでなかった。三年以上たって聞かされた陽一の消息に、志水は動揺してしまう。

「志水？」

怪訝なまなざしに射すくめられ、我に返る。

桐嶋に陽一との経緯は伝えていない。言えばきっと、この場で解雇されるだろう。陽一が兄弟に近づいてきたと知ったいま、志水が離れるわけにはいかない。せめて陽一の目的がわかるまでは——。

「どうかしたのか？」

「いえ」

渦巻く感情を顔には出さずに否定する。承知しましたと頷くと、それ以上桐嶋が問い質してくることはなく、ドアの向こうへ去っていった。

玄関でひとりになった志水は、三年半前に別れたきりの陽一を脳裏によみがえらせる。いまでも、二重の目や少年らしい顎や唇、脱色された髪の感触まではっきりと思い出せた。

志水を見るときの期待の混じった上目。先生と呼ぶ微かに甘えの滲んだ声。拗《す》ねたような表情で「うぜえ」と言うのが口癖だった。

「…………」

陽一を思えば、昔黙って去ったときとなんら変わらず胸が痛む。心臓のもっともやわらかな場所に針が刺さっているかのような感覚が、常に付きまとっている。

終わり方が悪かったのかもしれない。中途半端に期待させて、突然姿を消した。陽一にしてみれば、裏切り以外のなにものでもなかったはずだ。

陽一がこれ以上ないほど傷つくのはわかっていた。傷ついてもいいと、あのときの志水は思っていた。

一から勉強を手解《てほど》きしてきた特別な生徒であったはずの陽一が、両親をはめた男の息子だと悟ったとき、志水にはもうこれまでどおりの関係でいることができなくなっていた。好きと告白された瞬間、志水の心を占めたのは甘い感情ではなかった。なぜ陽一はあの男の息子なのかと、そればかりを考えていたような気がする。

この三年半の間、ずっと後味の悪さが拭えなかった。ことあるごとに陽一を思い出しては苦い気持ちを味わっていた。

近くにいたあの頃よりも、離れてからのほうがずっと陽一のことを考えてきた。加治や両親、他の誰を思うよりも多くの時間を陽一に割いてきたのだ。

桐嶋から加治の死を聞かされたときもそうだ。陽一の顔が真っ先に浮かんだ。

陽一は父親の死をどう受け止めたのか。強欲だと罵《ののし》った父親が自殺したと聞いて、不安に駆られなかったか。

加治の死に、これで終わったと手放しで喜べなかったのは、放り出してきた陽一が気がかりだったせいだと自分でわかっていた。

桐嶋の去ったドアを見つめながら、志水は三年半前に思いを馳《は》せる。

夜逃げ同然にアパートを引き払ったあと、笹原に会いに行った。当時笹原は依頼されて創建について調べていて、志水にも両親の死に関して質問をしてきた。

志水にはそれほど多く語れなかったが、以後、笹原はなにかと気にかけてくれ、学習塾の仕事を紹介してくれたのも笹原だった。もともと面倒見のいい温厚な性格の笹原は、変わらない年齢の息子たちがいると志水にも親しく接してくれたのだ。

——妻は早くに亡くなったけどね。素晴らしい息子たちを私に残してくれた。相手を思う優しさにあふれた息子たちだ。私は幸せ者だよ。

息子の話をするときは決まって蕩《とろ》けそうな笑顔になる笹原を前にして、桐嶋と田宮を羨《うらや》ましく感じるほどだった。

その笹原が一年前に亡くなったときだ。志水が加治に対して明確な殺意を抱いたのは。

もとより加治に対する恨みはあった。両親は加治によって殺されたのだと確信していたし、夜な夜な加治の恥知らずな顔を思い浮かべては怒りを新たにしていた。そこに加えて、笹原の事故死だ。

思慮深い笹原が睡眠薬を服用して運転するはずがない。加治の仕業だ。その瞬間、必死で思い出すまいと努めてきた死に際の両親の姿が、志水の脳裏にはっきりとよみがえってきたのだ。

懇願する母。絶望する父。なんら落ち度もなく普通に暮らしてきた父母を、おそらく加治は薄笑いすら浮かべて手にかけたのだろう。そう思うと、身体じゅうの血が沸騰し、耐えがたいほどの憎悪が身の内から湧き上がってきた。

桐嶋に会いにいったのは、笹原の葬儀の翌日だ。桐嶋は桐嶋で、義父の死と弟の慟哭《どうこく》に苦悩していた。

利害が一致し、数ヶ月後、志水は田宮のところに通い始めた。

その際、桐嶋は志水の身辺を調べなかったらしい。桐嶋にはめずらしいことだ。志水建設になにがあったか志水が会いにいく前から把握していたようで、その事実だけで十分だと桐嶋は言った。

志水にとっては、危ない状態にある田宮を監視する代わりに加治の動向を把握できるというメリットがあった。桐嶋の傍にいれば、加治が終わる瞬間《ま》を目の当たりにできるだろう、そう思ってきたのだ。

加治のいなくなったいま、伊佐の様子に目を光らすという別の役目ができたのだが、そろそろそれもお役ご免にしてもらうつもりだ。桐嶋に認めたくないかもしれないが、ふたりには監視など必要ない。

だが——いまになってまさか陽一の名を聞こうとは。

立ち尽くしていた志水の前で、玄関のドアが開く。

「なに？　こんなところに突っ立って」

買い物袋を手にした伊佐が、訝《いぶか》しげに首を傾《かし》げた。スニーカーを脱ぐ伊佐の機嫌は悪い。志水を一瞥《いちべつ》すると、いけすかない男だといつものように吐き捨てる。

桐嶋のことだ。桐嶋が伊佐を嫌っているのと同様に、伊佐も桐嶋を煙たがっていた。

「ブラコンにもほどがあるよな。いい年して、鬱陶しいっての。つーか、兄弟揃ってなんであぁも頭が堅いんだよ」

不服げに喉を鳴らすと、志水の傍を通り過ぎてリビングに向かう。顔を合わせた伊佐と田宮が、険悪な雰囲気を再燃させようと和解しようと、いまの志水にはどうでもいいことだった。

頭の中は陽一一色になる。陽一はなにをしようとしているのか知らないが、桐嶋にたてつけばただではすまない。桐嶋は、敵とみなした人間ならば平然と排除する男だ。

「志水さん」

背後から声をかけられ、はっとして振り向く。リビングのドアを開けた田宮が、志水へ歩み寄ってきた。

「明後日なんですが、昼間、車を修理に出す約束になっているので、業者さんが訪ねてきたらキーを渡してもらえませんか」

思考は陽一を引きずったまま、志水は承知した。

「どうかされたんですか」

「石でも跳ねたのか、車体に疵《きず》がついているみたいなんです。伊佐がいま見つけてくれて」

「ああ、そうなんですか」

コンビニに出かけたついでに、伊佐は田宮の車をチェックしたようだ。たとえ揉《も》め事があるにせよ、伊佐は常に田宮を想い、案じている。

「わかりました。そのあと紅茶のポットを買いに行きますので、他になにかあれば携帯に連絡してください」

志水の言葉に、ストイックな白い頬が微かに赤らむ。使っていた紅茶のポットは、先刻田宮との押し問答に苛立った伊佐がテーブルからはたき落として割ってしまったので、田宮としては気まずいようだ。

「すみません」

謝罪をされて、志水はかぶりを振った。

伊佐は不安定で、ときには感情をあらわにして田宮に嚙みつくこともある。が、悪いこと

ばかりではない。それによって田宮も自身の感情や考えを伊佐に伝えようと努力しているのだから、きっとうまくいくと志水は思っている。

桐嶋もおそらく薄々感じているはずだ。それゆえ、伊佐が嫌いなのだろう。

「明後日《あさって》、会社に行く足はどうされますか」

桐嶋に強要されて一時期運転手を雇っていたものの、結局合わずに、田宮はいまも自身でハンドルを握っている。

苦い笑みが返った。

「タクシーを使います。電車は苦手なので」

自嘲《じちょう》気味になるのは、己のそういう部分を恥じているせいだ。彼の場合は幼児体験が大いに影響しているのだろうが、本人はそう考えていない。いい年をしてと、たまに自己嫌悪に陥るらしい。

確かにお世辞にも社交的とは言い難い田宮の言葉に、志水は無言で頷き、その場を離れようとした。

「志水さん」

飛び止められて、足を止める。

苦い表情のままで、田宮は言いにくそうに桐嶋の名を口にのぼらせた。

「——東吾は、志水さんになにか言ってましたか？」

伊佐があれほど不機嫌だったことに合点がいく。ブラコンにもほどがあるという伊佐の悪態は、桐嶋だけに向けたものではなかったのだ。

桐嶋は弟の言動をいちいち気にかけ、田宮は田宮で兄の行きすぎた情を甘受している。似たもの兄弟というのはあながち的外れではなかった。

「いえ。特には」

だが、志水には桐嶋と田宮を嗤《わら》うことはできない。兄弟のいない志水には、ふたりの関係を理解するのは難しい。

それどころかあれほど強かった加治への恨みも、加治がいなくなったいまはすっかりわからなくなってしまっていた。

親に対する情で加治への復讐を望んでいたのか、それとも単に己を納得させたかっただけなのか。

とはいえ、志水は途中で投げ出すわけにはいかなかった。投げ出せば、陽一を傷つけた過去も意味のないものになってしまう。

ため息をこらえ、目礼して田宮から離れる。途端にまた志水の意識のすべては陽一に向く。

いったいなんの目的で桐嶋に近づいたのだろう。どうか馬鹿な真似をしないでくれ。乱れる感情がこめかみに痛みを与え、指で押さえた。

それは陽一に対する罪悪感と、まぎれもなく懐旧の念からくるものだと志水自身が気づいていたのだ。

田宮のものらしきＢＭＷが地下駐車場から出てくる。ガードレールから腰を上げた陽一は、交差点で信号待ちをしている老人の隣に立ち、乗っている人間の顔を確認しようと目を凝らした。

田宮かもしれないという期待は、空振りに終わった。

緑のキャップを被《かぶ》った若い男だ。車を点検にでも出したのだろうか。だとすれば、一時間ほど前に出ていったタクシーに田宮が乗っていたかもしれない。

思わず舌打ちをしたが、次の機会でいいかと思い直す。じかに田宮の顔を見てみたいという単なる興味からなので、今日でなければならない理由はない。

ガードレールの埃《ほこり》が付着したジーンズの尻を両手で払い、信号が青になったのを確認して横断歩道を渡る。

間近で見上げたマンションは豪奢《ごうしゃ》で、まるで高級ホテルのように見える。黒御影石のエントランスにはフロントがあり、スタッフが常駐している。左手の奥にある三機のエレベーターうち二機が稼働していた。人材派遣会社というのは儲《もう》かる商売らしい。

「裏で汚いことしてたりして」

ぽつりと洩《も》らした自身の声に、顔をしかめる。金を持っている人間は誰しも強欲だと思ってしまうことが、すでに毒されているようなものだ。

ジーンズのポケットから抜いた携帯電話で時刻を確認する。二時前。このまま mariposa に向かえば、開店前のトイレ掃除には十分間に合う。

毎日 mariposa に顔を出すわけではないと桐嶋は言ったが、陽一が通うようになってから桐嶋は連日 mariposa に現れる。陽一を見張るために来ているのだろうと思ったが、そうではないらしい。どの店であっても新人を入れたときには日参するのだと、マネージャーの河《こう》野《の》が言った。

桐嶋のようになりたいと言った、あの言葉に嘘はない。

十代の頃から夜の世界で生きてきて、成功した男。どうやってひとりで生きてきたのか。もう駄目だと挫《くじ》けそうになったことはないのか。桐嶋に対する関心は尽きなかった。

目線をマンションの上層階から下に戻す。正面玄関のガラス扉の向こう、一番奥のエレベーターから降りてきた住人の姿が視界に入る。

うろついていたら不審者に思われるかもしれない。即座にその場を離れようと一歩足を踏み出した陽一だが、二歩目を出さなかった。こちらに向かって歩いてくる男に釘付けになり、視線をそらすことができない。

男が入り口に近づくにつれ、心臓が強く脈打ち始める。呼吸も忘れ、食い入るように見つめた。

——まさか。

過去の記憶と目の前の男がぴたりと重なった瞬間、相手も陽一に気がつき、歩みを止めた。ガラス扉越しに向き合う。厚いガラスと数メートルの距離が、陽一には三年半の月日そのものに思えた。

近づくことも去ることもできずにひたすら見つめ合い、どれくらいの時間がたったか。先に目をそらしたのはマンションの中にいる志水だった。

志水は何事もなかったかのように、まるでそこにはなにもないかのように、泰然と構えふたたび歩を進める。左右に開いたガラス扉から外に出てくると、そのまますると陽一の前を通り過ぎた。

手を伸ばせば届くほど近くにいるのに、触れられない。それどころか、声をかけることも許されない。

ガラス扉以上の壁を志水との間に感じる。

行ってしまう。徐々に離れていく背に、寒気を感じて肌が粟立《あわだ》った。それが、昔、志水のいなくなったアパートの前に立ったときの感覚とあまりに似ていて、陽一は思わず身を縮めていた。

足許《あしもと》から力が抜けていくような、喪失感を味わった。絶望というものがあるのなら、こういう感じではないかとあのとき漠然と思った。

なぜ。どうして。

疑問ばかりが頭の中を占め、しばらく誰とも口をきく気にもなれなかった。ひどく落ち込み、部屋に閉じこもった。

やがてそれは、あきらめへと形を変えていった。

好きだと言った陽一のことが、きっと迷惑だったのだ。志水がはっきりと拒絶しなかったのは、教え子への思いやりにすぎなかったのだ。

先生を困らせた自分が悪い。ちゃんと告白しようなんて、それでいい返事をもらおうなんて、調子に乗りすぎた。

当時の陽一は、強引に自分を納得させるしかなかった。

いや、納得できていたなら今日まで引きずらなかったはずだ。三年以上たっても記憶が少しも色褪《いろあ》せないのは、納得なんてしたくないという思いがあるからだ。

たった半年。志水とやったことといえば、勉強だけだ。脇目《わきめ》も振らず勉強をしていたはずなのに、陽一は志水に恋心を抱いた。

いつからだったのか、自分でもはっきりわからない。たぶん、ほんの些細《ささい》な言葉や表情、そんなものの積み重ねだったのだろう。

あの半年に勝る月日は二度と来ないのではないかと、そんな気がするほどに特別な日々だった。

小さくなる背中を前にして、半年間の出来事が一気に噴き出してくる。自分が、十八に戻ったかのような錯覚に陥る。

出会った日の志水、自分。最初に勉強したのはベッドの上だった。親や教師にどれほど進学を勧められてもこれっぽっちもその気にはなれなかったのに、志水の一言は胸に響いた。

——ひとりで生きていくつもりなら。

あれこそがまさに陽一の心からの望みだった。

志水の背中が、視界から完全に消えた。

「……先」

先生と呼んで追いかけたい気持ちはあったが、陽一にはできなかった。

取り残されて、初めてこの状況に違和感を抱く。

なぜ志水が田宮の住むマンションから出てきたのか。偶然同じマンションに住んでいるのだろうか。たまたま知り合いが住んでいて、訪ねていたとも考えられる。

まさか、田宮と面識があるというのか。

いろんな疑問を頭の中で並べていくが、答えは出ない。だが、ひとつの予感はあった。

これは偶然なんかではない。志水と田宮はおそらく顔見知りなのだ。単なる想像だというのに、確信めいたものを感じる。

陽一は、志水が去った方角とはちがうほうへと歩き出した。

mariposa に行かなければ。せっかく見習いとはいえ店に入る許可をもらったのに、遅刻をしては元も子もない。

駅に辿《たど》り着いた陽一は、自宅マンションへは寄らずに直接 mariposa へ行く道を選んだ。電車で数十分。駅から徒歩で十数分。バーやクラブがひしめく華やかな歓楽街の一角に、mariposa もある。

昼間に開店すると聞いて、日の高いうちからホストクラブに通う女がいるのかと不思議に思ったが、陽一の認識不足だった。

夜には家を空《あ》けられない女性や、昼間のほうが自由に動ける女性は少なくないのだと知る。女を食い物にしているというイメージの強かったホストだが、実際中に入ってみると楽な商売ではなかった。

昼間の営業はいったん六時に終わる。次に店が開くのは九時。三時間の間、休憩してもいいし、キャッチに出てもいい。使い方はホスト個人に任せられている。

裏口から入った陽一は、その足で客用トイレへ向かう。閉店後に磨き上げたトイレは綺麗なものだったが、開店前にも掃除をする。トイレ掃除などしたのは生まれて初めてなので最初は戸惑ったが、ようは染みひとつ塵ひとつないようにすればいいだけだ。

念入りに磨き、その後スタッフ用トイレも同様に掃除をした。次は一時間半後にチェックする。それまで陽一の仕事はない。

だが、仕事というのは自分で見つけるものだろう。と、アルバイトの経験すらないものの、自分で判断してスタッフルームの前に立つ。

ドアの内側では、ヘアスタイルもスーツもばっちり決めた数人のホストたちが三時の開店を待ってくつろいでいる。

mariposa 内では多少の派閥争いがあるらしいが、あからさまなものではない。陽一なりに集めた情報によると、ナンバー1とナンバー2の仲がそれなりに円満だからだという。mariposa のナンバー1が努力で上り詰めたとみなが認めているのが大きな要因だろう。

目的に向かって努力するのは嫌いなほうではない。

三時になり、スタッフルームのドアが開いた。

いってらっしゃいとホストをフロアに見送るのは、自分で決めた陽一の日課だった。

「頑張ってるじゃん？」

陽一を見て、誠也《せいや》が人懐っこい笑みを見せた。

「はい」

肩までの茶髪で、細身のスーツを着こなした彼は陽一よりもひとつ年上だと聞いている。

地位的には四番手もしくは五番手。これは本人の弁だ。もちろん、ホストである以上誰しもナンバー1を目指して仕事をしている。

誠也が陽一のTシャツの襟元を引っ張った。

「おまえもスーツ作って着てくれば？　裏方仕事でもさ、客に出会《でくわ》すことがあるだろうし」

「スーツ、ですか？」

スーツでトイレ掃除なんて考えもしなかった。だが、誠也の言うとおりだ。いつなにがあってもいいように準備しておくべきだろう。

「ありがとうございます」

頭《こうべ》を垂れた陽一の肩をぽんと叩いて、誠也はフロアへと向かった。ホスト達がフロアに消えるのを待ち、誰もいなくなったスタッフルームを片付ける。こちらは適当にすませる。他人に触られるのを嫌う人間もいるためだ。

その後また、スタッフルームの前に立った。ひとりになった陽一は、先刻のことを思い出す。あれは、間違いなく志水だった。夢でも妄想でもなく現実だ。改めて思い出して、ようやくじわじわと実感が湧いてくる。

以前とあまり変わっていなかった。ちがいといえば、少し髪が伸びているくらいだろう。すらりとした体躯《たいく》で、表情が少ないせいで冷たい印象がある。だが、それは表面だけだ。

志水は誰より熱心に陽一の面倒を見てくれた。眼鏡《めがね》の奥の瞳が陽一を見てときどきやわらかく細められる。触れてくるその手に情がこめられる。志水の笑い方が、陽一はなにより好きだった。

再会した志水は、陽一を無視した。そこにいないかのごとく振る舞った。

なぜ。

陽一が好きだと言ったことがよほど迷惑だったのかもしれない。まだ付きまとっていると嫌悪したのか、それとも本当に陽一のことなどすっかり忘れているのだろうか。

どれほど考えてもやはり答えは出ない。それどころか、あまりに考え過ぎてあれが本当に志水だったのか、自分の中で不明確になってくる。そもそも田宮のマンションで志水を見かけるのがおかしい。偶然にしても出来過ぎだ。

他に意識が向いていた陽一は、近づかれるまで桐嶋の存在に気がつかなかった。

「掃除はすんだのか」

声をかけられて、はっとして桐嶋と視線を合わせる。慌てて返事をする間も桐嶋は足を止めずに陽一の前を通り過ぎ、奥の事務室へ向かう。

「あ、あの」

思うよりも早く、スーツの背中を呼び止めていた。

肩越しに半眼を投げかけられたが、続けるつもりの言葉が思いつかない。桐嶋になにを聞こうとしていたのかわからず、陽一は口ごもる。

「なんだ」

桐嶋から水を向けてきた。それでもうまく口にできない陽一に、桐嶋は数歩戻って前に立つ。

「わからないことがあるなら、早めに聞け」

「…………」

わからないことだらけだ。桐嶋なら知っているだろうか。志水が田宮のマンションにいた理由を。

志水の名を出そうとすれば、喉がからからに渇く。辛抱強く待ってくれる桐嶋に、何度か唇に歯を立てた後、ようやく切り出した。

「……知り合いを、見かけたんですけど」

「知り合い？」

唇に煙草をのせ、火をつけながら桐嶋が先を促す。

「ええ。昔、家庭教師をしてもらってて」

知らず識《し》らず手に力が入る。ぎゅっと握りしめ、できる限り平静を装い言葉を重ねていく。

「びっくりしました。まさかこんな偶然があるとは思わなかったから……弟さんのマンションの近くで——」

桐嶋の眦がぴくりと痙攣した。それと同時に両眼が底光りする。無言の威嚇に咄嗟《とっさ》に口を噤《つぐ》むと、一瞬の静寂があり、それを桐嶋自身が破った。

「知則《とものり》のマンションに行ったのか」

顔にははっきり表れていないが、桐嶋の怒りが肌に伝わってきた。陽一をまっすぐ見据え、同じ問いをくり返す。

「知則を張っているのか。なにを企んでいる」

企んでなどいない。張っているわけでもない。田宮の顔を知りたかっただけだ。

「ち、ちがう」

それなのに、志水に会ってしまった。

「なにがちがう。なんの目的もなく知則のマンションの前をうろついたって？」

いったん口を閉ざした桐嶋が、陽一に顔を近づけてきた。

耳許で低い声が恫喝《どうかつ》する。

「知則にかまうな。これは忠告だ」

怒鳴ったわけではないのに、背筋が怖気《おぞけ》立つほどの迫力だ。けれど、陽一も退くわけにはいかない。まだ肝心のことを聞いていなかった。

「他意はないって。嘘じゃない。興味があったからちょっと寄ってみただけで……俺が知りたいのは、先……志水のこと」

訝しげに眉がひそめられる。志水を知っているのだ。

陽一は足を踏み出し、桐嶋に詰め寄った。

「先生がマンションから出てきて、びっくりした。どういう知り合い？　いつから？」

口早に捲し立てた陽一を、目を見開き凝視してきた桐嶋だが、ふうとため息のような煙を吐き出した。

「そういえば、塾の講師をしていたな。志水の教え子だったか」

煙草を挟んだ手を眉間にやる。精悍《せいかん》な顔立ちに、似合わない憂慮が浮かんだ。

「まさか志水と加治の息子に繋がりがあったとはな」

陽一にとっては、桐嶋と志水が知り合いだったことのほうが衝撃だった。が、いまの台詞で悟る。

桐嶋と田宮、そして志水には接点があるのだ。その接点がなにかなど、確認するまでもない。桐嶋は陽一をいままた「加治の息子」と呼んだのだから。

ぶるっと肩が震えた。

一度理解してしまえば、簡単にパズルは解ける。三年半前に突如志水が消えたのも、数時間前無視されたのも、陽一が「加治の息子」であるためだ。

「知らなかったのか」

青ざめ、足をふらつかせた陽一に、桐嶋が抑揚のない声音を投げかける。

「それなら、深追いするな。教師と教え子の過去まで変える必要はない。おまえに必要なのは、疑問を疑問のまま放置することだ。答えを求めるな」

血の気が一気に足許へと引いていく。視線を落とすと、ぐにゃりと床が歪んで見えた。

「でも……親父は、先生の家族に、なにをした？」

ひとりで生きていくならと言ってくれた志水の両親が亡くなっていたことを陽一が志水本人から聞かされたのは、しばらくたってからのことだった。事故で一度にと聞いて、そのときの志水のつらさを想像して胸が痛くなった。

もし、志水の両親の死に創建が関与していたら——。

答えを求めるなと桐嶋は言うが、放置なんてできない。もしそうなら、陽一は志水から大事なものを奪った男の息子だ。

「教えてください。なにが、どうなっているのか」

動揺し、懇願した陽一に桐嶋はいつも同様落ち着いた声で告げる。

「なにもない。知る必要もないことだ。俺たちの父親も、志水の両親も、おまえの父親も死んだ。それだけが真実で、あとに残されたものがなにを考えようとそれは感傷であって真実じゃない」

深刻そうでもなければ、陽一に対する憐憫《れんびん》もない。

その場を立ち去ろうと半身を返した桐嶋を、なおも引き留めた。

「感傷は無意味だと？　だったら桐嶋さんは俺の親父を恨んでなかったとでも言うんですか。復讐したいと思ってなかったって？」

喉を締めつけて言葉を絞り出す。自虐的にならないよう懸命に注意しながら。桐嶋であってほしいと思っているのだ。なぜだかわからない。自殺よりは桐嶋の手によって制裁されたのだと思いたい。それだけだ。

死ぬときくらい、これまでの罪に対する対価を払ってほしいと無意識のうちに考えていたのかもしれない。自分の中に、ほんの欠片《かけら》でも父への情があったことに驚く。

まっすぐに上目をぶつけた陽一に、桐嶋は迷わなかった。

「俺には、生きている人間のほうが大切だ」

微かな笑みさえ浮かべてそう答えると、黙って離れていった。

どういう意味なのか問おうとしたが、名前を呼んでも桐嶋はもう振り返らない。事務室のドアを開け、中へと消えた。

ひとり残された陽一は、スタッフルームの前から一歩も動かず冷静になろうと努力する。

志水と田宮、桐嶋の繋がりは、ひとつの事実を示唆しているように陽一には思える。陽一にとっては、認めることのできない怖ろしい事実だ。

桐嶋ははっきりしたことは言ってくれなかった。陽一のためだろうか。それとも本気で知る必要がない」と思っているのか。

桐嶋が父を葬ったのだと陽一は決めつけていた。間接的にせよ、係わっているだろう、と。だが、ここに来てわからなくなってしまった。

桐嶋が陽一を見る目には、特別な感情は感じられない。陽一が桐嶋に纏わりつくのは自由にさせていながら、陽一を特別扱いしているふうにも見えない。

陽一の父とはちがい、笹原は誰からも信頼され、いい父親だったと聞いている。そんな父親を失って、桐嶋東吾のような男が復讐する気がなかったと?

いくら考えても陽一にはわからない。

やがて昼の営業を終えたホストたちがスタッフルームに戻ってくる。

三時間のインターバルが入り、トイレ掃除をするその合間もずっと考え続けたが、結局、たったひとつの答えも出ないままだった。

東吾が怪我をした。

夜中に青白い顔で田宮が家を飛び出していったとき、動揺するあまり志水は眩暈《めまい》に襲われた。陽一が桐嶋を襲ったにちがいないと、真っ先に考えたためだ。

父親の死に桐嶋が関与していると確信したから、陽一は桐嶋に近づいた。そして、昨日は田宮のマンションの周りをうろついていた。ふたりに復讐するために。

陽一を留めなければ取り返しのつかないことになる。携帯を手にして、ボタンを押そうとして気づいた。

志水は陽一の連絡先を知らない。どこにいるのかも知らない。mariposa はすでに営業時間外だし、桐嶋を傷つけたのならどこかへ隠れているだろう。

その後すぐに戻ってきた田宮から桐嶋が軽傷だったと聞かされたものの、楽観はできなかった。次があるかもしれない。陽一は、こうと決めたら突き進む性分だ。

自宅で悶々としながら時間を過ごし、翌朝訪ねていった田宮の部屋で、瀬ノ尾《せのお》組の一人息子である瀬ノ尾聡明《としあき》が未明に病院へ搬送されたと聞かされた。

瀬ノ尾組は、加治の一件の後始末に動いたやくざだ。

桐嶋を襲い、瀬ノ尾を襲った人間は陽一以外にはいないとすっかり決めてかかり、矢も楯《たて》もたまらず病院を目指していた。

相手が瀬ノ尾組ではどうにもならない。陽一は早晩報復を受けることになる。

志水は、桐嶋に接触したときから自分にも危険が及ぶかもしれないと腹を括《くく》っていた。加治の後ろにいるやくざなら、人知れず葬ることなど容易くやりのけるだろう。それが自分であってもおかしくない。そう思ってきた。

万が一、なんらかの経緯で陽一の耳に入ったときも、陽一が志水を恨むのもしようがないと覚悟もできていたはずだった。

けれど、己の甘さを痛感した。

陽一の身が危険にさらされるかもしれないという可能性まで考えが至らず、直面してから取り乱すような有様《ありさま》だった。

どんな手段を使ってでも逃がしてやりたい。志水の頭の中にはそれだけしかなかった。

病院に駆け込んだ志水は、待合室で桐嶋と鉢合わせた。大勢の通院患者の中で、独特のオーラを放つ男はすぐに見つけられた。

「……桐嶋さん」

なんと切り出していいかわからず、唇が痙攣する。

桐嶋は眉をひそめ、喫煙スペースに志水を誘導した。ポケットから煙草を取り出しながら、なぜここに来たのかと視線で問うてきた。

「……瀬ノ尾さんが、刺されたと聞いたので」

答えになっていないことなど自分で承知している。瀬ノ尾聡明が刺されたからといって、病院に駆け込むような間柄ではない。

「手術が終わって、さっき目が覚めた。命に別状はない。いまは嵯峨野《さがの》さんがついている」

志水に説明しながらも、桐嶋は返答を求めてくる。瀬ノ尾の血だろう、桐嶋のスーツは一部色が変わり、生地も硬くなっていた。覗《のぞ》いたワイシャツの袖口《そでぐち》にも血が付着し、手についたものは洗い流したようだが、顎にはまだ赤黒い染みが残っている。鏡を見ることさえ忘れ、ずっと病院にいたのだ。

「おまえがこれほど取り乱すなんて、めずらしいじゃないか。いや、初めてみるな」

「…………」

そっくり返したいような台詞を投げかけられて、志水は深呼吸をした。

「──誰がやったのか、わかっているんですか」

陽一だと言われたら、どうすればいい。どうやって庇《かば》えばいいのか。

肩を上下させた志水に、桐嶋は組員だと告げた。

「組員──？」

真偽を確かめるために熟視する。嘘をつく必要があるとなれば、事もなげに嘘をつく男なので鵜呑みにはできない。

「安心しろ」

桐嶋は煙草の煙に目を眇《すが》める。その顔に他意は感じられず、ただ瀬ノ尾の無事を知り安堵して見える。

「陽一じゃない。あいつは父親のやってきたことを真剣にとらえすぎて、自身と混同させてしまっているだけだ」

「──────」

桐嶋が志水と陽一の関係を把握していたことに、志水は驚きのあまり言葉を失い、目を見開いた。

「教え子なんだって？　おまえのことをひどく気にしていたぞ」

淡々と語られる内容が、胸に突き刺さる。教え子だった。三年と半年前までは。志水が裏切ったのだ。

昨日、マンションの前で見かけた陽一は、脱色した髪も根の素直さが滲み出た面差しも、なにも変わらなかった。身長も伸びておらず、志水の中で三年半の歳月が一気に吹き飛んでしまった。

物言いたげな表情で志水を見つめてきた陽一に、なにが言えるだろう。志水には、黙殺するという選択肢しかなかった。

忘れたと思ってくれればいい。そう願っていたのに、陽一は志水を気にかけているという。

「志水」

壁に凭《もた》れた桐嶋は、天井に向かって丸い煙を吐き出した。

「おまえも子守には飽きただろう。好きにすればいい」

「……桐嶋さん」

監視はいらないという意味だ。

「もう終わったんだ」

そして、終わらせろという意味でもある。

こちらを向かない桐嶋の横顔は、どこかさばさばして見えた。なにかが終わったようにも始まったようにも思えるその表情に、志水はどこか羨望を覚える。

黙礼し、喫煙スペースを離れた。玄関に向かう間、一度も後ろを振り返らなかった。


十日後、桐嶋東吾は泡みたいに消えてしまった。

6

もう終わったんだ。

あの言葉が最後になった。桐嶋はすべてを残して姿を消した。瀬ノ尾組の一人息子と一緒だということは公《おおやけ》にはなっていない。

いま頃きっと瀬ノ尾組が血眼《ちまなこ》になって行方を捜しているはずだ。だが、見つからないだろうと志水は思っている。桐嶋のやることはいつもそつがない。

逃げ切ってみせるという確信があるから消えたのだ。誰にも、二度と会わない覚悟で。

志水が田宮に辞めると告げたのは、終わったと桐嶋に言われた翌日だった。

寂しくなると田宮は顔を曇らせたが、田宮の傍には伊佐がいる。幾度ぶつかろうとも、あのふたりはうまくやっていくだろう。

相性というものがある。そして、運命も。そういうどうにもならない部分が人間を引き寄せ、分かつのだと志水はつくづく思う。

開け放った窓から馴染《なじ》んだ音が耳に届いた。沿線が近くにあるせいで、電車が通るたびにびりびりと窓ガラスが振動する。

秋風に髪をなびかせながら、見慣れた風景に目をやった後、室内へと戻した。

部屋には段ボールが散在している。

三年半前に移り住んだ木造二階建てのアパートを離れると決めて、引っ越しの準備を始めたのが一昨日《おととい》のことだ。どこか遠くの、田舎にでも行こうかと思っていた。

気ままな独り暮らしなので、塾講師でもやりながらのんびり生活していくのも悪くない。

詰め終わった段ボールを閉じるためにガムテープを床から拾い上げた。玄関のチャイムが鳴って、志水は手を止める。

大家だろうか。

腰を上げ、本や衣服を跨《また》いで玄関に立った。

「はい。どちらさまですか」

返事はない。不審に思いつつ、ドアの鍵《かぎ》を開ける。ノブを押す途中でふと予感がしたが、手を止めるには遅かった。

玄関の外には陽一が立っていて、志水を見ると瞳を大きく揺らした。

「――陽」

名前が喉で引っかかる。突然の出来事に、志水は戸惑う。

陽一は何度もシミュレーションしてきたのか、先生と澱《よど》みなく志水に呼びかけた。

「押しかけてきて、ごめん。田宮さんに、住所を聞いて」

睫毛を数回瞬きさせる。頬は硬く強張《こわば》っていて、陽一がどれほどの勇気を掻き集めて訪ねてきたのか表情だけでも十分伝わってくる。

志水は一度深呼吸をし、目を細めた。

「久しぶりだな」

まったく変わらない。志水をちらちらと上目で窺ってくるところもそのままだ。

「先生」

以前と同じ呼び方に、志水の胸は切なく締めつけられる。

捨ててきた過去。この手で傷つけた相手。一言もなく置き去りにした陽一から、いままた志水は父親を奪ってしまった。

たとえ直接手を下していなくても、加治の最期を見届けたいと願った時点で同じことだ。

だが、罪悪感は志水の身勝手な感傷でしかない。なんの役にも立たない。

「いきなり、ごめん……本当は、会わずにいようと思ってたんだけど、どうしても会いたくて」

ぽつりぽつりと言葉を繋げる陽一の声を、志水は黙って聞く。陽一を前にして、三年以上前の半年間の出来事が瞼の裏に鮮明に再現される。

「散らかっているけど、あがるか？」

ドアを大きく開き中を示すと、陽一が躊躇《ためら》いがちに頷いた。

が、段ボールの積み重ねられた部屋を目の当たりにして、靴を脱ぐのを躊躇う。くしゃりとその顔を歪《ゆが》め、苦笑した。

「また引っ越し？」

泣き笑いのようなその顔に、一瞬返答に詰まる。そうだ、と短く肯定したが陽一はなにも言わなかった。

奥の和室に通し、卓袱台《ちゃぶだい》を挟んで向かい合う。畏《かしこ》まった陽一に、見た目は同じでも以前よりは大人になったんだなと当たり前のことを感慨深く思う。

「mariposa に勤めているんだろう？　うまくやってるのか」

陽一ならば大丈夫だ。答えを承知で問えば、陽一は唇を引き結んだ。

「やってるよ。昨日からフロアに出してもらえるようになったんだ。桐嶋さんが、マネージャーに言い置いてくれてたみたいで」

「そうか」

いなくなったのはつい先日だというのに、桐嶋の名に懐かしさを覚える。いま頃どうしているのだろうとか、平穏に暮らせればいいとか願ってしまうのは、桐嶋を羨ましく感じているからかもしれない。

「大変だったな」

突然オーナーがいなくなったことを労《ねぎら》うと、陽一は口許を綻《ほころ》ばせた。

「ぜんぜん。あのひとらしいよ」

らしいという言葉に、志水は心中で同意した。

すべてを捨てて消えるなど、後先考えない突飛な行動だ。馬鹿だと嗤う人間もいるだろう。だが、桐嶋は確信を持って消えた。これしかない、これが最善だと。

卓袱台に目を落とし、こぼれそうになったため息を押し殺す。

「どうして——桐嶋の店に？」

桐嶋に近づいた理由は、なんだったのか。桐嶋は、陽一は父親と自分を混同しているだけだと言っていた。

志水の問いかけに、陽一が答えを探るかのようにまなざしを遠くする。

「たぶん、知りたかっただけだと思う」

その声はどこか不安定だ。自分でも摑《つか》みきれない感情なのかもしれない。

「親父がどうやって死んだか。俺は、知っておきたかったのかも。もう、そんなことどうでもよくなったけど」

自分で尋ねておいて、そうかとだけ答える。他になんと言えばいいのか、志水にはわからなかった。

「とりあえずいまは一人前のホストになるのが目標かな。そのうちナンバー1になってやるんだ」

はは、と陽一が笑った。その笑い方があまりに昔と同じで、志水の胸を疼かせる。根は素直で優しい子だ。だからこそ傷つきもしたし、反発したのだ。

「大学は、辞めるのか」

「まさか」

即座に否定が返る。陽一の瞳が、追慕のためかわずかに潤んだ。

「せっかく入ったのに、辞めるわけがない。先生と頑張ったじゃん、俺」

あのときはよくやったと褒めてやるべき場面だろう。勉強に打ち込む陽一の姿を傍で見守ってきた志水が、誰より理解していると。

だが、なにも言えなかった。過去を懐かしむ気持ちはあっても、志水にはまだそれを認められない。

狭い部屋に沈黙が落ちる。一度口を閉ざせば、張り詰めた重い空気はなかなか払拭《ふっしょく》できずに降り積もる。気まずさから畳に目を落とすと、毛羽立った箇所を見つけた。靴下に引っ

かかれば、そこから綻びてしまうかもしれない。

指で千切った。が、余計に目立つようになり、小さく舌打ちをする。

陽一が口を切った。

「先生は？」

すぐにはなにを問われているのかわからなかった。畳から視線を上げた志水は、真剣な双眸で重ねて聞かれて、今後のことを質問されているのだと気づく。

「先生はどうするの？」

即答を避け、一拍の間ののち、ことさら安穏と切り出した。

「どうもしない。新しい土地で生きていくだけだ」

「どこに――」

言葉尻に被さる勢いで聞いてきたくせに、途中で声が消沈する。陽一は項垂《うなだ》れると、片頬だけに自嘲を浮かべた。

「またいなくなるんだね。俺の前から、消えるんだ」

「――――」

なんと答えられるだろう。笑い話にしたくても、たった三年半では難しい。あまりに生々しい記憶は、陽一の胸にも志水の胸にも当時と変わらない痛みを呼び起こす。

部屋に入れなければよかった。いや、それでは遅い。あのとき、太田《おおた》に持ちかけられたときに断るべきだったのだ。

「先生は、俺を憎んでる？」

思いも寄らない意外な言葉を聞き、しばし唖然《あぜん》とする。

志水が陽一を恨む理由などない。確かに加治にはそういう気持ちはあったが、陽一に対しては罪の意識が大きかった。

「馬鹿なことを。どうして俺がおまえを恨まなくちゃいけないんだ」

吐き捨てるように否定したが、陽一は信じない。

「恨むんじゃないの、普通。俺の親が先生から奪ったものを考えると、恨まれてもしょうがないって思うし」

陽一の顔が苦悶に歪む。

「俺……知らなかった。本当は、先生に顔を見せられるような立場じゃないんだけど……っ」

ひくりと喉を鳴らした陽一に、志水は己のやった罪の大きさを知る。

——あいつは父親のやってきたことを真剣にとらえすぎて、自身と混同させてしまっているだけだ。

桐嶋の言った言葉がいまになって理解できる。それは、志水のせいだ。過去に志水が突然姿を消したことも、陽一は自分のせいだと思っている。

「おまえを、恨んでいるはずがない。恨む理由がない。俺にとっておまえは——」

その先を言いあぐねて、志水は唇を閉ざした。なんと言おうとしていたのか。なにを言えばいいのか。困惑する。

陽一の双眸が、正面から志水をとらえた。表情は苦悩に歪んでいるが、昔と同じ、一片の曇りもない強い視線だ。

「先生にとって、俺はなに？」

焦《じ》れたように先を促される。

志水には答えられない。

だが、たったいま気づいたことがある。両親の死を目の当たりにしてから今日まで、志水は昏《くら》い場所を彷徨《さまよ》っているような感覚を常に覚えていた。おそらく自分のことを不幸だと思っていたのだ。

その中にあって唯一ちがったのが陽一の存在だ。陽一の澱みのないまっすぐな感情は、志水にとってただひとつの熱であり、光でもあった。陽一を前にすると、やはりいまでも同じだと実感する。志水にとって陽一は、志水を我に返らせてくれる一点の輝きだ。

だが、それをどう伝えればいいのか迷い、結局、当たり障りのない言葉を選んだ。

「誰よりも可愛い、教え子だよ。たとえ、なにがあっても」

失望と安堵。陽一の瞳には複雑な色が交互に映し出される。これ以上向かい合っているのが苦痛で、志水は卓袱台の上の携帯電話に目をやった。

「片付けが残っているから」

一言で足りた。陽一は黙って立ち上がり、志水も倣《なら》って腰を上げた。

五センチの身長差は、以前のまま変わらない。

以前とのちがいを志水は見つけた。

「さよなら、先生」

陽一の笑い方だ。再会してからの陽一の笑みはひどく大人びて、切なげだ。笑みの下になにかを押し殺しているような笑い方は、志水の気持ちを掻き乱す。

「ああ、さようなら」

陽一の顔を見ずに告げる。陽一は靴を履き、玄関のドアを開けた。けれど、なかなかそこを動こうとはしない。

早くいなくなってほしいのか、そうでないのか志水自身が不安定に揺れ出した頃、陽一が咳払《せきばら》いをした。

「ひとつ、頼みがあるんだけど」

口調は軽い。軽薄と言ってもいい喋り方をする。

「一回だけ店に来てくれない？　俺がちゃんと勤めているところ、先生に見てもらいたいんだ」

陽一の気遣いを裏切ることなく、志水も軽々しく笑い飛ばした。

「ホストクラブだろ？」

冗談じゃないと続ければ、笑いながら陽一が食い下がる。

「大丈夫だって。この前も男の客が来たし」

軽薄な表情と態度を見せる陽一のまなざしだけが、まるで別の人間のものでもあるかのごとく真剣だ。

「教え子が働いている姿を見てくれてもいいじゃん。一回だけなんだし。そんでさ」

陽一が笑みを引っ込めた。

見る間に瞳が潤み、目尻が赤く染まっていく。

堪《こら》え切れないと言わんばかりに唇の内側を噛み、何度も胸を喘《あえ》がせる陽一を前にして、志水も身の内に広がっていく馴染みのない感情に堪《た》えなければならなかった。

もう終わりにしたかった。桐嶋のような潔い幕引きができればと思うが、志水には無理だ。

志水と桐嶋はちがう。瀬ノ尾と陽一もちがう。

「そんでさ……遠くへ行っても、俺のこと忘れないでよ。しょっちゅうじゃなくていいから、たまには思い出して」

震える声で告げられて、どうして突っぱねることができるだろう。陽一は特別だ。志水にとってはただひとりの教え子であり、熱であり光だ。

これで最後と自身に言い訳をして、志水はほほ笑んだ。

「――わかった」

志水の返答を聞いて、陽一が眉をひそめる。

涙を流さない泣き顔を見ていられなくて、志水は目を伏せた。

どうして陽一は、こんな冷たい男に執着するのか。慕われるほど価値のある人間ではないと自分が一番よく知っている。陽一ならば、他にいくらでも相手は見つかるはずなのに。

「約束だよ」

掠《かす》れ声で念を押されて、黙って頷く。

ドアがゆっくりと閉まった。

名残《なごり》惜しげな表情を最後に残し帰っていった陽一に、志水はしばらく同じ場所に立ち尽くしたまま、たったいま交わした約束を早くも後悔していた。


陽一は鏡に映った自分の姿にため息をこぼした。

何度チェックしたかわからない。初めてフロアに出たとき以上に、今日は緊張する。髪の分け目を数ミリ変えてみたり、戻してみたり。ワックスで跳ねさせた横髪を押さえてはまた跳ねさせて。

もう一時間以上そんな調子だ。

シャツの第二釦《ボタン》など、何回外しては留め直したか。

たとえ雨が降っていても普段なら街に出てキャッチに励むのだが、今夜はそれもなし。八時の開店をひたすら心待ちにしている。

なぜなら、志水から今夜 mariposa に行くと連絡があったためだ。

「そんなに緊張するもん？　昔の恩師なんだっけ？」

見かねた誠也が話しかけてきた。常連客と同伴する予定が急遽《きゅうきょ》キャンセルになって、誠也の機嫌は悪いのだが、緊張で硬くなった陽一のことは面白がっているらしい。

「緊張しますよ。ただの恩師じゃないし」

誰より好きなひとだ。同じ場所から動けなかった陽一を、引き上げてくれたひと。

陽一がそう言うと、パイプ椅子にふんぞり返っていた誠也が組んでいた脚を解き、身を乗り出した。

「なになに。セクシー女教師だったりするわけ？」

にやにやとする誠也に、そんなんじゃないですと否定する。

「だいたい、男ですから」

よほど拍子抜けしたのか、誠也は片手で額《ひたい》を押さえた。

「んだよ。男か。色っぽい体験談を期待していたのにさ」

苦笑いではぐらかしたが、色っぽい思い出はちゃんとあった。その直後に志水に消えられた陽一にしてみれば、つらい気持ちとセットの思い出ではあるが。

「さて、そろそろいっちゃう？」

誠也が腰を上げる。九時五分前だ。入店する客を入り口で迎えるのはホストの基本なので、店に残っているホストは、一斉にスタッフルームを出てフロアに向かう。

Mariposa の店内は、きらきらとした華美な印象はない。大人の女性にリラックスして遊んでもらうというコンセプトで造られているため、華やかさよりも高級感に重きが置かれている。

二十ほどあるテーブル席は隣との間隔が広くとられ、ゆったりとくつろげる。大理石の床と柱に、白いレザーソファ。天井のシャンデリアは、まるでどこかの宮殿のように豪華だ。

カウンターテーブルの向こうの棚にずらりと並んだボトルとグラスは圧巻だ。数もすごいが、ライティングに気を配られているのでインテリアとしても目を惹《ひ》くものとなっていた。

両開きの扉が開くと、列をなしている客の顔が輝く。どの客も精一杯のお洒落をして、満面に笑みを浮かべている。

「いらっしゃいませ」

店内で待機していたホストは姫を迎えるかのごとき慇懃《いんぎん》さで女性達を迎え入れ、テーブルへと案内していった。

入りきれなかった客に断りを入れ、待ってもらうのもいつもの風景だ。

陽一は誠也のヘルプに入り、普段以上に緊張しながら接客をした。

「なに。今日の陽一、そわそわして落ち着かない」

客にまで指摘されたのはまずかったが、しどろもどろになった陽一を誠也がフォローしてくれた。

「こいつね。こう見えて案外律儀《りちぎ》な奴なの。自分の働いているところを見せたくて、今日恩師を呼んでるんだ」

煙草を唇にのせた客が、誠也の言葉に吹き出す。

「なにそれ。家庭訪問みたいなもの？」

すかさず口許にライターを差し出しながら、陽一は気恥ずかしくて鼻に皺を寄せた。

「ほんとに、恩師なんですよ。俺が大学入れたのって、先生のおかげだし」

「嘘。大学出てるの？」

目を丸くした彼女達に、誠也が面白がって陽一を酒の肴《さかな》に仕立て上げる。

「出てるっていうか、現役？　三年だっけ？　しかも結構いいところ」

大学名までばらされて、ますますばつの悪さを味わう。一方で、志水のおかげで入れた大学を「いいところ」だと褒められるのは誇らしかった。

いまからやってくるひとが俺の人生を変えたんだよ。あのひとがいなかったら、俺はきっといまでもくだを巻いて、愚痴をこぼしてなにもせずに過ごしていたんだ。

心の中で呟《つぶや》き、胸を張る。

半年間の志水と自分がどんなふうだったか。志水がどれほど陽一を気遣い、考えてくれたか。

早く会いたい。

気もそぞろで吐息をこぼしたとき、陽一と先輩ホストに名を呼ばれた。

飛び上がる勢いでソファから尻を浮かせた陽一は、呼ばれたほうへ目をやった。

「――――」

スーツ姿の志水がそこには立っていた。居心地の悪そうな笑みを見せた志水に、熱い感情が胸を塞《ふさ》ぐ。本当に好きだと実感する。

目にしただけで泣きたくなるほど好きになれる相手は、今後は現れないだろう。受け入れられなくても、想うだけなら自由だ。

陽一、と再度呼ばれて、陽一はゆっくりとした歩みで志水に近づいた。

「こんばんは」

陽一に向かってほほ笑む志水。

このまま外に連れ出して、ふたりきりになって抱きしめたい衝動を懸命に抑え、陽一も笑いかけた。

「来てくれて、ありがとう」

陽一の言葉に、志水が店内を見回す。

「やっぱり俺だけ浮いてるな」

周りは女性客ばかりだから、確かに男の志水は目立っている。だが、別の意味でも他の誰とも志水はちがう。この中の誰よりも凛《りん》として美しい心根を持っていると、陽一は知っているのだ。

「こちらへどうぞ」

緊張のあまり力の入った背中に痛みを覚えながら、志水を奥のテーブルに案内する。ふたりきりの特別なシートだ。今夜のために陽一がリザーブした。

「飲み物はなんにする？」

席につくと、メニューを手渡した。しばらく眺めていた志水だが、肩をすくめるとテーブルの上にメニューを放った。

「なにを頼んでいいかわからないから、適当に頼む」

志水の好みなどわからない。価格や味が一般的なものを慎重に選び、オーダーした。

水割りで乾杯する。スマートに見せたいのにグラスを持った手が少し震えて、陽一は口中で舌打ちをした。

グラスに口をつけた志水が、不思議そうな顔で小首を傾げる。

「おもしろいな。まさかおまえと酒を飲む日が来るなんて」

本当にそうだ。

だが、陽一にとってはおもしろいというレベルではない。二度と会えないと思っていたので、夢心地だった。

「他の客はここでどんな話をするんだ。居酒屋すらあまり行ったことがない僕には、見当もつかない」

志水らしい、と思う。酒を飲んではしゃぐ姿は想像できない。

「いろいろだよ。会社の愚痴を冗談っぽくこぼすひともいれば、恋愛について語るひともいるし。本当にひとそれぞれ」

「いちいち合わせなきゃいけないんだろ？　ホストも大変だな」

志水の話題は、当たり障りのないものだ。陽一がこの三年半どんなふうに過ごしてきたのか、志水は一度も聞かない。思い出話も先の話もしない。だから、陽一も過去にも未来にも触れず、愉《たの》しい雰囲気だけをつくるよう努力する。

「接客業だからね。って、俺なんかまだフロアに出させてもらって一週間しかたってないけど、結構失敗したよ」

肩を落としてみせると、どんなと問う志水の瞳に興味が浮かんだ。

「お約束なところでは、グラスを割ったり酒をこぼしたり。ついこの前なんて、お世辞のつもりで女優のなんとかに似てますねって言ったら、お客さんより随分年上だったってオチ。まあ、笑って許してくれたから助かったんだけど」

陽一の失敗談に、志水が相好《そうごう》を崩した。

「おまえらしいなあ。許されるっていうのも、おまえの得なところだよ。おまえには、そういう魅力がある」

「…………」

やわらかな笑顔で語られて、胸が熱く疼く。単語のひとつひとつが脳に刻まれ、陽一には忘れられない大事なものになるのだ。

「先生にそう言ってもらえると、嬉しい」

照れ笑いで頭を掻いた陽一に、以前よりも深い情を湛えた双眸が細められる。

「おまえは大丈夫だよ」

なんと答えていいのかわからなかった。うまい言葉なんて見つからない。ただ、どうしようもなく泣きたくなった。

でも泣いてしまうわけにはいかないから、必死で堪えて代わりに笑顔をつくる。

「本当にそう思う？」

「ああ、思ってる。おまえは、どこででもうまくやっていける」

このまま時間が止まればいい。ずっとふたりきりで向かい合っていたい。陽一が話すことで志水が笑ってくれるなら、他になにも望むことはなかった。

他のテーブル席でリシャールコールが上がった。周囲のホストを巻き込み盛り上がるテーブルをめずらしそうに眺めていた志水は、突如メニューを手に取った。

「おまえもあれ、やったほうがいいんじゃないか」

本気で高い酒を頼もうとする志水を、陽一は慌てて制止する。

「いいって、先生。ほんと高いんだから」

「でも、せっかくの機会だし」

「ほんとにやめて」

必死で止めようとしたが、志水は手を上げてボーイを呼ぶ。はらはらして見守る陽一の気も知らず、ボーイと話し合った結果ドンペリピンクを注文してしまった。

「ドンペリピンク、入りました～。いくぞ。いっちゃえ。シャンパンコール！」

マイクを持った誠也の掛け声で、軽快な音楽が始まる。志水が男性客ということもありホストばかりか他の客たちも一緒になって声を上げ、普段よりも長いコールとなった。最初こそ困惑していたもののあまりに志水が愉しそうだったので、途中からは陽一ものる。ドンペリを一気飲みして、向けられたマイクに向かって「サイコー！」と叫んだ。

ふたりきりで過ごすはずの予定は大幅に狂ったが、声を上げて笑う志水など初めてだったので陽一も心から愉しんだ。

あっという間に時間は過ぎる。志水はきっかり九十分で腰を上げた。自分が払うからと言った陽一にがんとして譲らず会計をすませ、店を出ていく。ほんの数分前に大騒ぎしたことなど嘘のようだった。

「それじゃあ」

別れの挨拶を口にし、去っていこうとする志水の背中を陽一が黙って見送れるはずがない。外までついていった陽一は、離れたくない一心で半ば無意識のうちに志水の腕を掴んでいた。いま帰してしまえばもう最後だとわかっているから、どれほど努力しても手を離せなくなってしまう。陽一、と窘《たしな》められても余計に力が入った。

「なんて顔してるんだ。迷子みたいだぞ」

やんわりと外そうとするだけで拒絶しない志水に、感情を抑えきれなくなる。

このまま別れてしまうのは厭だ。振り払わないのだから、どこかで志水もそう思ってくれているにちがいない。

「先生、行かないで」

身勝手な言い訳を頭の中でして、掴んだ腕を引き寄せ、抱きしめる。

誰に見られてもよかった。他人の目を気にするより、大事なことなのだ。

「酔ってるのか」

穏やかな声に問われて、かぶりを振る。酔っていても酔っていなくても、陽一には関係なかった。

「もうあんな思いはしたくない。好きって言わないから、鬱陶しくしないから、俺の前から消えないで」

どんなときでも望みはひとつだ。

きつく抱き寄せた身体にすがる。視界が潤んで、志水の顔もぼやけてしまう。

「こんなこと言える立場じゃないってわかってる……でも、ほんとに、好きなんだ」

声も掠れた。

格好悪くても、失うよりましだ。突然消えられたとき、どれほどつらかったか。だけど、きっとあのときよりいまのほうがつらい。せっかく会えたのにまた失えば、自分がどうなるのかわからない。昔もいまも変わらず志水は特別なのだ。

「陽一」

陽一の顔の近くで、志水が吐息をこぼす。手が髪に触れた。

「おまえは本当に子どもみたいだな。好きって言わないんじゃなかったのか」

セットした髪をやわらかく掻き混ぜられて、なおもしがみつく。子どもみたいだと笑われてもいい。志水が傍にいてくれるというなら、なんでもする。

「ごめ……言わない。だから、おいていかないで」

懇願する陽一に、いつまでたっても志水は答えをくれない。不安になって洟をすする陽一を笑うばかりだ。

焦れて濡れた目で志水の顔を覗き込むと、志水は陽一の髪から手を離した。その手が陽一を促してくる。

「おいで」

志水に誘導されるまま、怖々と身体を離す。繋いだ手を引かれ、夜の街を歩き始めた。

どこに行くのか知らない。どこでもよかった。志水と一緒にいたいだけだ。

まるで世界には自分と志水しかいないような心地にすらなりながら、ふと、ふたりで消えた桐嶋を思う。桐嶋もこんな気持ちだったのだろうか。すべてと引き換えにしてもいいと思うほどの熱情を、身の内にあふれさせたのか。

周囲の喧噪も、ひとの声もまるで耳には入らなかった。

路地に入り、しばらく進む。最初に見つけたホテルに、志水は陽一を導いた。一階でキーを受け取り、エレベーターで三階に上がる。

陽一の胸が苦しいほど高鳴っているのは、途中ですれ違ったカップルに奇異な目で見られたからではなかった。

志水がキーを使ってドアを開け、先に中へと入る。その背中を追いかけた陽一は、ドアが閉まってもどうしていいかわからずにその場に立ち尽くしてしまった。

「どうしようか。やっぱり先に風呂に入ったほうがいいのかな」

問われても、陽一には答えられない。それどころか降って湧いたようなこの状況に頭も身体もついていけないのだ。

「おまえ、先に入る？」

重ねての質問に、なんとかかぶりを振った。

「なら、僕が先に」

志水は抑揚のない口調でそう告げると、バスルームへと入っていった。

しばらくすると、ドアの前に立つ陽一の耳にシャワーの音が聞こえてくる。陽一はようやく室内を見回した。

狭いスペースのほとんどをベッドが占めている。小さなガラス製のローテーブルと硬そうなソファは、煙草を吸うとき以外には役に立ちそうにない。

ピンクの花柄のベッドカバーを見つめ、いまの状況を把握しようと努力する。

志水がどういうつもりなのかわからない。餞別《せんべつ》だとでも考えているのか。だけど、もし陽一が引き返すと期待しているのなら、それは無理だ。

ずっと志水に触れたいと願ってきた陽一にとって、夢にもまさる出来事なのだから。

息をついた陽一は、ピンク色の絨毯《じゅうたん》を踏みしめてバスルームへ向かう。鼓動は耳の中で響いているかのように大きく、緊張のあまり指先までが震えていた。

磨《す》りガラスに志水の姿が映っていて、一瞬だけドアを開けるのを躊躇《ちゅうちょ》したが、そのまま押した。シャワーの音で陽一が入ってきたことに気づかない志水の白い背中から腰、尻の丸み、太腿《ふともも》、細い足首まで視線を這《は》わせていって、たまらない気持ちになる。

どれほど見たかったか。触れたかったか。

昔と変わらない、いや、昔以上の欲求がこみ上げてきた。

「先生」

背中から抱き締めると、志水はびくりと身体を跳ねさせた。

「びっくりするだろう」

濡れた痩身《そうしん》をきつく掻き抱く。抗《あらが》われないことに安堵する。

「……いいの？」

それでも拒絶されるのが怖くて問うと、シャワーを止めた志水が陽一の腕の中で身じろぎし、半身を返した。

「よくなかったら、こんなところには来ない」

志水がほほ笑む。これまで陽一が目にしたどの笑顔よりもやわらかな笑い方だ。

「でも、どうし――」

怖々と切り出した陽一の質問を、志水は途中でさえぎった。

「酔っているのかもな」

そういうことにしておこうと無言で告げられ、陽一もそれ以上聞かないことにする。これで最後なのかもしれないと怯《おび》えていても、いまだけは忘れる。

「おまえ、せっかくのスーツがびしょ濡れじゃないか」

濡れたスーツの襟に指を這わせた志水が、その手で上着の釦を外し始める。自分の衣服を脱がしていく志水を待てたのは上着とネクタイまでで、我慢できずにシャツの釦は自分で引き千切って前を開いた。

「……くそっ」

スラックスはシャツのように千切るわけにはいかない。手が震えてファスナーひとつうまく下ろせない。濡れて張りついているせいでなおさらやりにくく、焦る陽一に、志水が吹き出した。

「なに慌ててるんだ。初めてじゃないんだろう？　僕よりずっと経験は多そうなくせして」

「そんなの……無意味」

実際に、これまでの経験などなんの役にも立ちそうにない。数だけならおそらく少ないほうではないだろう。でも、数をこなしてきたことになんの意味もないと、たったいま教えられる。

「好きなひととは、初めて」

上擦《うわず》る声でそう言えば、志水は黙って頷いた。自分もそうだとは言ってくれなかったけれど、わかってもらえたのだと知り陽一には十分だった。

ひとりではできず、志水の手を借りてスラックスを足から抜く。素肌を合わせたとき、夢心地になりそのまま達してしまいそうだった。

陽一の粟立つ腕を、志水が撫でて宥める。

「——一応、自分で洗ってみたんだが」

最初はそれがどういう意味なのかわからなかった。鈍いことに志水が戸惑いがちに瞳を彷徨わせて、初めて気づく。

「——俺のため？」

掠れる声で問えば、当然だと返ってきた。

「他に誰がいるんだ」

素っ気ない言い方をするが、志水にとっては相当な覚悟のいる行為だろう。自分のためにそこまでしてくれたのかと思えば、嬉しくて、切なくて、泣けてきそうだった。

「先生……先生っ……キスして、いい？」

「なに言ってるんだ」

「でも……先生と、したことないし」

陽一がそう言えば、志水は両腕を陽一の首に回した。

「好きにしていいんだよ。おまえの好きにしてくれ」

「――先生」

のぼせたみたいに、頭がぼうっとしてくる。血液が全身を廻る音が聞こえてくるようだった。

五センチの差を埋めるために踵《かかと》を上げ、震えながら顔を近づけると、陽一と呼んだ志水の吐息が唇に触れた。途端にキンとこめかみで音がして、その後は夢中になる。

唇を押しつけ、弾力を味わう。そして、舌で舐《な》める。驚くほど志水の唇は甘く、陽一は先を求めて口を割った。覗いた志水の舌に自身のそれを擦《こす》りつけ、吸う。角度を変えて、何度もくり返した。

両手で志水の頬を固定し、身体を密着させて貪《むさぼ》るようにキスをする。呼吸をすることも忘れる。

「……ん」

合間に聞こえた志水の声にも煽《あお》られ、陽一はこれまで経験してきたキスが嘘に思えるほど興奮してきた。

「ぁ……俺……いきそう。どうしよう……こんな」

キスしただけで達しそうになり、腰をわずかに退《ひ》いた。だが、とても堪えられそうになく、ふたたび志水の大腿《だいたい》に性器を押しつける。

陽一のものが硬く張り詰め、いまにも弾《はじ》けそうなのは志水にもわかっているはずだ。それなのに、志水はそこに触れてきた。

「うぁ……駄目、だって。いま触られたら……っ」

慌てて制止したが、志水はやめない。それどころか陽一を包み込み、やわらかく愛撫《あいぶ》した。

「先生――っ」

「大丈夫。これで終わりじゃないから」

本当に？　と視線で問う。陽一だけ達して終わったあのときとは志水はまったくちがう表情をしていた。優しいまなざしで、愛《いとお》しげな触れ方をされては一溜《ひとたま》まりもない。

口づけを再開してすぐ、志水の手を濡らした。

「あ……ぅ……せんせ……」

身を硬くし絶頂に堪える陽一の肩口にキスをしながら、志水は宥めるように手を動かす。

痺《しび》れるほどの快感の中、志水に促されてすべてを吐き出した陽一だが、射精したにもかかわらず興奮は収まるどころか増しているのを実感していた。

「すごいな」

志水が笑い混じりに吐息をこぼした。

「若いから？」

問われて陽一は、ちがうと答えた。

「先生が、好きだから」

陽一の告白を志水は無言で受け入れた。同じ言葉は返してくれなくても、陽一にはそれで十分だ。

萎《な》え切らないうちに硬さを取り戻していく自身を志水に擦りつけながら、キスから始める。志水にも、自分が感じただけの快感を味わってほしかった。

抱き寄せた背中を撫で、背骨を辿《たど》って下へと滑らせていく。腰のカーブに辿り着いたとき、志水がびくりと肩を揺らした。

そこを手のひらで探り、そのまま尾てい骨へと下ろす。志水は陽一の腕の中で息を呑《の》むと、その後に来る衝撃を予測し身体を硬くした。

「先生、自分で洗ったの？　確かめていい？」

指先でゆっくりと狭間《はざま》を撫でる。

「厭に……決まってるだろう」

志水は上擦る声で拒絶をしたが、陽一は聞かなかった。

「見たいんだ――見て、憶《おぼ》えておきたい。先生のこと全部」

「…………」

志水の顔に迷いが浮かぶ。陽一の我《わ》が儘《まま》に躊躇はするが、跳ねつけない。怖くて言葉にはできない陽一の気持ちを、志水は察しているのだ。

思案した後、少しだけならと承知してくれた。

触れ合ったままでいたいが、なんとか肌を離す。紅潮した志水の頬に目を細め、白い身体を網膜に焼きつけていった。

「先生、ほんと綺麗だね」

うっとりと囁《ささや》く。

「そん……なわけあるか」

ふいとそっぽを向く志水に、陽一は嘘じゃないと答えた。

「すごく綺麗だよ」

骨ばった肩のライン、平らな胸。密着していたせいか淡い尖《とが》りが小さく立っていて、衝動のまま指を触れさせる。陽一の指の下で、さらに硬く尖るのを感じた。

志水が微かに喉を鳴らす。

「触る……か見るか、どっちかにしろ」

上目で窘められるが、どちらも選べない。ごめんと謝って、胸に手をやったまま下腹へと視線を下ろした。

なだらかな腹。それから薄い下生え。その中で志水の性器はわずかに頭をもたげていた。

「先生も、ちょっとは感じてくれたんだ？」

これほど胸が甘く疼いたことはおそらくなかっただろう。これから先も、きっとない。

けっして独り善《よ》がりの行為ではないと知ることは、陽一にとって何物にも変えがたい悦《よろこ》びだった。

「——当たり前だろう。俺を不能だと思ってるのか」

羞恥心《しゅうち》を押し殺してぶっきらぼうに告げる志水に、陽一はもう一度ごめんと口にした。

涙がこぼれ落ちそうになり鼻を鳴らしてごまかすと、胸から離した手で下生えを梳《す》く。そうして志水の性器に直接触れた。

「……っ」

短い息をついた志水が、唇を引き結ぶ。上目で志水の表情を確認しながら、陽一はその場に膝《ひざ》をついた。

「陽——」

志水の抗議は間に合わない。逃げられる前に、性器を口に含んだ。

「そ……んなこと、しなくて、いいっ」

身じろぎされるが、腰を摑んで固定し動けなくさせて志水に舌を這わせる。弱々しい拒絶は、陽一を煽るだけだ。

「したいんだよ。させて」

先端を舌でころがし、そのまま深く銜《くわ》える。唾液を絡めて唇で扱《しご》き、喉の奥まで使った。

他人の性器なんて銜えたことはないが、まるで抵抗はない。むしろ、しゃぶり尽くしたい気分にさえなる。

「ん……ふぅ、っく……陽……っ」

それ以上に、両手で口を塞いで必死で声を殺そうとする志水の表情にどうしようもなく興奮した。

腰から離した右手を、太腿の間から後ろへやる。志水は咎《とが》めるような目で陽一を見てきたが、ここまで来てやめるつもりはなかった。

狭間を割り、入り口に触れる。陽一の指先に反応し、きゅっと窄《つぼ》まったそこを優しく撫でる。

「う、う……」

口淫《こういん》を続けながら後ろを弄《いじ》れば、志水が喉で泣く。陽一の愛撫に打ち震え、肌を赤く染める志水は言葉にできないほど綺麗だ。

夢中で口で奉仕をし、入り口を指で擦っていると、志水が一際高く呻《うめ》いた。それと同時に陽一の頭を剝《は》がそうと足掻いたが、陽一は離れなかった。

「うぅ」

くぐもった声とともに、口中に熱い迸り《ほとばしり》が広がる。嚥下することに躊躇はない。舌で射精を促し、吸って、最後の一滴まで搾り取る。

タイルに背中を預けた志水は身体を痙攣させながら、力なく膝を崩した。

「先生」

しゃがみ込む前に志水を抱き留め、キスをする。口に残った精液の味を嫌って志水は顔をしかめたが、構わず志水の舌に絡めた。

白い液体がどろりと顎を伝わる。そこにも口づけ、肌を寄せたまま志水の身体を反転させた。

「──陽一」

陽一の望みに気づき、志水が戸惑いを映した瞳を揺らす。

駄目だよと首を左右に振って、陽一は脚を開かせた。

「俺のために、洗ってくれたんでしょ？」

陽一が触れれば触るほど力が入り頑なに閉じる後孔に、強引に指先をもぐりこませた。

「うんっ」

志水は息を詰めたが、陽一は退かなかった。ぬるりとした感触に、中で指先を少しだけ動かしてみる。

「ほんとだね、ボディソープが残ってる」

軽く抽挿《ちゅうそう》すれば志水が小刻みに震え出す。体内に残っていたボディソープを浅い場所に塗りつけると、いったん退いた陽一は指に新たなソープを足して再度挿入した。

今度は最初よりもスムーズに挿《はい》る。思い切って進め、中指の根元まで埋めてしまった。

「は……ぅん……ぅ」

志水が短い息を肩でつく。両手でタイルにしがみつき、好きにしていいという最初の言葉通り陽一の好きにさせてくれる。

志水の耳朶《じだ》に舌を這わせながら、深く挿入した中指を体内で揺すった。

「陽……一っ」

志水が切れ切れに息をつく。眉をひそめた表情は苦しげだが、ほんのりと染まった頬やうなじに励まされて、陽一は中を広げにかかった。

「先生、力、抜いて」

内壁を緩めながら、志水の性感帯を探す。花弁に触れるときのような慎重さで、時折大胆に動かすと、志水が声を上げた。

「あ、あ……よせっ」

志水自身が驚いたらしく、陽一から逃れようと身を捩《よじ》る。暴れないよう志水をタイルに押しつけた陽一は、上擦った声で耳朶に直接囁いた。

「ここがいいの？」

志水が声を上げた場所を執拗に指で刺激する。

「ち……ちがう……ぅあ」

否定してもわかる。志水の性器が勃《た》ち上がっていた。なにより、陽一の愛撫に応えて内部が蠕動《ぜんどう》を始める。

「よ……いち、やめ……ろ」

「――無理。だって先生、感じてる」

「ちが……あぁ」

見つけた場所を指先で突き上げると、志水が仰《の》け反《ぞ》った。胸を喘がせる志水にたまらず陽一は強引に人差し指も添えて挿入する。

二本の指を体内で広げ、動かし、確実に道を作っていった。

「陽一……陽……」

「駄目だよ」

いまさらと告げた陽一に、志水は潤んだ瞳を肩越しに投げかけてきた。

「ベッドに、行こう……立って、いられない」

その言葉で志水の下肢に目をやれば、膝ががくがくと痙攣している。初めて味わう感覚に、身体がついていかないのだ。

「もう、無理だ」

すがるようなまなざしで訴えられて、懸命に抑えていた欲望が一気に膨れ上がる。これ以上一秒も待ちたくない。いますぐ志水の中に挿りたい。そのことで頭がいっぱいになる。

指を抜いた陽一は、背中から志水を抱き締め、今日何度目かの謝罪を口にした。

「初めてがこんな、立ったままで――ごめん、先生」

「陽――」

一と呼びかける声は、直接口中で受け止める。性急に志水の左脚を抱え上げると、あらわにした場所に自身の勃起を押し当てた。

志水の声も口で吸い取る。

慣らしたとはいえまだ硬さの残る入り口を抉《えぐ》り、内壁を引《ひ》き摺《ず》って奥を目指す。時間をかけることなどできなかった。

一度も途中で止められないまま、ずるりと奥まで一気に進んでしまう。

「あー……先生、あったかい……やわらかい」

「……う、うぅぅ」

志水はなにか言おうとしたらしいが、言葉にはならなかった。立ったまま背後から陽一を受け入れる負担は尋常ではないのだろう。

なにも言えず震えるばかりの志水に申し訳ないと思う気持ちはあるのに、あまりの快感に陽一はじっとしていることができない。

「ごめん、ほんとにごめん」

何度も謝罪をくり返しながら、身体を揺する。繋がったところから、えもいわれぬ愉悦が湧き起こり、陽一は陶然となった。

「ぅあ……っく、ぅん」

「先生……ふ……あ、すごい」

バスルームに喘ぎ声と肉のぶつかる音が響き渡る。興奮するあまり、タイルと自身の身体で押し潰《つぶ》すかのように志水を揺すりあげた。

「出そう……出そう……あ、あ」

徐々に動きを速めていく。

「抜かなきゃ、駄目？」

一応聞いたが、抜くつもりなどなかった。志水が答えられないと承知の問いだった。両手で腰を鷲摑《わしづか》み、これまでより深く突き入れる。

志水の体内で味わう絶頂は激しく、自分でも驚くほどで、一瞬視界も頭の中も真っ白になってどこかへ飛んだ。

きつい内壁で自身を扱き立てながら、すべてを注ぎ込む。震えるばかりの身体を抱き、陽一は耳元で志水の名を呼んだ。

「先生、ごめん……俺だけ、夢中になって」

志水は伏せた睫毛を上げ、気だるげなまなざしを陽一に投げかける。その瞳は濡れ、困ったことに陽一の下半身を熱くさせる。

「とにかく、抜いてくれ」

言葉を発するのもつらそうに、そう命じられる。仕方なく腰を退いたが、抜け切る前に陽一はまた志水を抱き寄せた。

志水が呻く。

「陽一」

咎める声音で呼ばれようとも、陽一は必死だった。

「でも、先生――俺、まだ離れたくない」

離れてしまえば終わりだ。言外にそう告げた陽一の腕を志水が抓《つね》った。

「ベッドに行きたいだけだ」

「あ……」

ベッドへと促されたのに無理やり立ったままで終わらせてしまったことを思い出し、青くなる。理性を掻き集めて身を離した。そのときにはすでに、陽一のものはふたたび硬く張り詰めていたが、堪えるしかない。

頼りなく足をよろめかせた志水が、まったくと吐息を吐き出す。

「動物と同じだな、おまえは」

乱暴に扱ってしまった申し訳なさに肩を落とすと、優しい手が髪を掻き回してくる。

「我が儘で、可愛《かわい》いって言っているんだ」

志水はほほ笑んでいる。

「怒ってない？」

怖々問えば、バスルームのドアを指差した。

「怒ってないから、ベッドに連れてってくれ」

ほっとした陽一は、ふらつく志水に手を貸してバスルームを出て、ふたりしてベッドに倒れ込んだ。

すぐに目を閉じた志水は、このまま眠ってしまうつもりかもしれない。しばらくの間陽一もじっとしていたが、どうあっても中心の熱がおさまってくれそうにないので、そっと右手をもっていった。

息を殺し、自慰に耽《ふけ》る。志水が欲しかったけれど、起こしてまで自分の欲望を優先したくはなかった。

志水の寝顔を見つめ、右手を動かす。本人が傍にいるのに触れられないという抑圧された状況は思いのほかつらいものだ。

歯を食い縛って我慢していると、志水の唇が開く。

「おまえ、それでいいのか？」

眠っているとばかり思っていたので、驚いてびくりと身体が跳ねる。

「……痛っ」

敏感な部分に爪《つめ》の先が引っかかったらしく、性器に痛みが走る。志水はむくりと上半身を起こしたかと思うと、陽一の中心を覗き込んだ。

「どうもなってない。痛いか？」

勢いよく首を横に振る。それよりも、志水の息がかかることのほうに意識が向かう。

「痛くない？　痛いなら、舐めてやろうかと思ったのに」

「……っ」

「どうする？」

まさかこんなことを志水が言い出すとは思わなかった。しかも志水は、陽一の返事を待たずに先端を舌先ですくった。

「……先生っ」

ずくっと尾てい骨が疼き、快感が背筋を這い上がる。ぎゅっとシーツを握り締めて堪えた陽一の股間《こかん》に、志水はそのまま頭を沈めた。

銜えられて、ぎごちない愛撫が始まる。だが、陽一にはなににも勝る快感だった。志水が自分からしてくれたのだ。

舌先で舐められて、自然にベッドから腰が浮き上がった。

「先生、駄目……そんなことされたら、俺、我慢できなくなる」

志水は陽一に上目を向けた。

「自分でやったほうが、いいか？」

「じゃなくて」

いっそう強くシーツを握った。そうしていないと、いまにも襲い掛かって乱暴に犯してしまいそうだった。

「挿《い》れたくなるっ」

正直に告げると、陽一の先端を口に含んだままで志水が吹き出した。

「もう俺の身体には用がなくなったのかと思った」

そんなわけがないと知っているくせに挑発してくる。陽一がどれほど志水を欲しがっているか、志水が一番わかっているはずだ。

「そういうこと言って、先生、もう厭じゃないの？」

恨みがましい視線を流せば、志水から陽一に肌を寄せてきた。

「好きにしていいって言ったよな」

それ以上、言葉で確認する余裕なんてない。陽一は志水を掻き抱き、激しく口づける。身体じゅうをまさぐりながら、志水の肌の感触や匂《にお》いを味わった。

「先生、挿らせて」

陽一の要求はすぐに叶《かな》えられた。志水は一度目の行為で赤く腫《は》れた場所を自分から開き、迎え入れてくれる。

「――ゆっくりな」

「うん……わかってる」

性急になりそうな自身を叱責《しっせき》し、正常位でゆっくりと埋めていく。あたたかな内部に締めつけられて、バスルームで得た快感よりももっと激しい愉悦に支配される。

「挿ったか？」

「もう、ちょっと」

奪うだけでも与えるだけでもなくふたりで共有する感覚のすごさは、言葉には表せない。すべてをおさめたとき、陽一は涙を流していた。

「おまえは、なに泣いているんだ」

頬を拭われても、止まらない。ぐすぐすと泣きながら、快感に溺《おぼ》れる。

「先生、すごい。俺のが、先生の中、出たり、入ったりしてる」

出来る限り長引かせたい一心でゆっくりと抜き差しする陽一に、志水も合わせて自身を慰める。息が上がり、ふたりのリズムはぴたりと重なった。

「ああ……そうだな」

「先生、先生っ」

「あ、ぅんっ」

二度目は志水も声を抑えない。普段はストイックな印象だというのに、驚くほど奔放に振る舞ってみせる。

指で探し当てた場所を突くと、ああ、と喘ぎ声を上げた。

絶頂を迎えても、そのまま再開する。志水の中に注ぎ込んだ陽一の精液が泡立ち、流れ落ちるほど、何度も何度も。

このまま時間が止まればいいと思った。

「先生――」

終わりたくないと心で叫びながら、陽一は何度目かのクライマックスにぼろぼろと涙をこぼす。

夢中になればなるほど、もうすぐ魔法が解けることを厭というほど突きつけられる。

「……愛してるんだ」

身を切るほどの痛みとともに告白したが、志水からの返答は最後までなかった。

身支度を整える志水を、ベッドに残った陽一は見つめた。時刻は六時。おそらく外はすでに明るくなっているはずだ。

「俺が加治の息子じゃなかったら、結果はちがった？」

ほほ笑む綺麗な顔から一時も目を離したくなくて志水の動きを追いながら、意味のない問いをする。

そうだな、と上着を羽織る手は止めずに志水は答えた。

「けど、加治陽一じゃなかったら、会わなかったかもしれない」

その通りだ。加治陽一だから会えた。そうして、加治陽一であるために別れなければならない。

「いつ引っ越すの？」

サイドボードの上の腕時計に手を伸ばした志水のその手首を、思わず捕らえる。志水は短い間じっとしていてくれたが、陽一の手の中からするりと抜け出した。

「おまえには引っ越し先は教えないよ」

わかっている。たとえ誰に教えても、志水は陽一だけには教えないだろう。煙のごとく、いなくなるのだ。昔と同じように。

こめかみを伝わる涙をシーツに吸い取らせ、陽一は寝返りを打ち、志水に背を向けた。このまま見ていたら、間違いなくすがってしまう。行かないでと懇願して志水を困らせる。

「あのさ」

精一杯軽い調子で切り出した。深刻になれば、それだけ互いの傷は深くなる。

「いまじゃなくていいからさ。先生がその気になったときでいいから、また俺と会って。約束してくれたら、それだけで俺は頑張れるし」

ぎしりとスプリングが軋《きし》んだ。ベッドに腰を下ろした志水は、陽一に背中を見せたままで答える。

「そのうちおまえは、僕のことなんか忘れる」

「忘れない」

いままで片時も忘れられなかったのだ。これほど好きなひとを忘れられるわけがない。

「絶対に忘れない。きっと俺は、死ぬ瞬間だって先生を思うよ」

軽く言ったつもりなのに、声が掠れていたことに顔をしかめる。

ひくりと喉を鳴らせば、志水は、ふっと声のトーンをやわらかくした。

「そうだな。おまえが俺の背丈を越えたら、会ってもいい」

これが気遣いでも冗談でも意味は変わらない。

「……俺がぜんぜん伸びてないの、知ってるから言うんだろ」

「ああ」

無理だと言われているのと同じだ。どんなに陽一が足掻いても二度と会えないのだと実感すれば、またじわりと泣けてくる。

「俺が自分の店を持ったとき、くらいにしといてよ」

嘘でもいいから、と心で祈る。もう一度会える可能性があると信じていないと、これからどうすればいいのかわからない。

「大きく出たな」

志水がくすりと笑った。

「遺産を使わず、おまえが自分で働いて貯めたお金で店を持ったら、そのときは花を贈ろう」

陽一はちぇっと舌を鳴らした。

「そんなこと言って、連絡先も教えないで、俺が店を持ったってどうやって知るつもりなんだよ」

さあ、と志水は肩をすくめた。

「風の便りかな」

志水が満面に笑みを浮かべる。これまでで一番綺麗で、悲しい笑顔だ。

——俺には生きている人間のほうが大切だ。

ふいに、桐嶋の言葉が思い出された。

桐嶋がどういうつもりで言ったのかわからないが、なんとなく陽一にも理解できたような気がした。

終わってしまった過去よりもいまのほうが大事だ。父が犯した罪は罪として、それを越えてどうしても手放せないものがある。

陽一にはそれが、志水への恋心だった。

誰よりもなによりも、志水と自分のこの気持ちが大切なのだ。たとえこの先誰とつき合っても、志水への想いだけは消えないだろう。

ドアの閉まる音が耳に届いた。

深く息をした陽一は、声には出さずにずっと志水の名を呼び続けていた。

7

夜の気配を漂わせ始めた歓楽街の中心を、人混《ひとご》みを縫って歩く。片手に花束を抱え、もう一方の手で差し出されたティッシュを受け取った。

「よろしくお願いします。うち、男でも歓迎しますよ？」

二十歳《はたち》そこそこの初々《ういうい》しいホストが、茶目っ気たっぷりにウィンクしてくる。いまだスーツが身体に馴染んでおらず借り物のようだが、それでもその表情には将来性を感じさせた。

「ちょうど一時間後にオープンするんで」

新人ホストの愛想のいい勧誘に笑顔で答え、志水はティッシュに目を落とす。そこには店の名と開店日時が華やかなロゴで書かれていた。

「いい名だね」

Wasser《ヴァッサー》という文字を差して言えば、新人ホストは破顔した。

「ああ、これね。ドイツ語らしいですよ。水って意味」

「知ってる」

「へえ、すごいね」

通りすがりの、しかも男の志水にも愛想よく対応するのだから人選もうまくできているようだ。ホストとしての才能ばかりでなく、トップに立つ人間としての資質もちゃんと持ち合わせていたのだろう。

「うちのオーナーもなかなかインテリなんですよ」

「そう？」

それも知っている。彼が誰より努力家で、自身が口にしたことを必ず実行する男だというのも。

半年かけてmariposaのナンバー1になったホストは、二年と十一ヶ月で自身の店を持つまでになった。その間に大学も卒業したというのだから、立派なものだ。

どれほど頑張ったか。歯を食いしばって勉強していた真摯《しんし》な横顔を見てきた志水には容易に想像できる。

彼は特別だった。自身の強い思いと、他人を強く想う心とで、なんでも可能にしてしまう。高い壁をぴょんと越える男だ。

「これをオーナーに渡してくれる？」

志水は、抱えていた花束を新人ホストに手渡した。一瞬目を丸くした新人ホストは、その後腰を折って丁寧に礼を口にした。

「ありがとうございます。あの、でも、いいんですか」

戸惑いを見せるまだあどけなさの残った面差しの青年と、最後に見た涙に濡れた顔を束の間だぶらせて、もちろんと志水は頷いた。

「こんないい夜に開店するなんて、きっとお店は繁盛するよ」

空を見上げれば、絵に描いたかのごとく美しい三日月が輝いている。周囲を囲む小さな瞬きも、まるで祝福しているかのようだ。

「あ、じゃあ俺、枯らしたら申し訳ないんで、店に一度戻りますね」

律儀にも志水に断った青年は、ぺこりとお辞儀をすると足早に去っていった。小走りになる足音を耳にしながら、志水は同じ場所に立って空を仰いだまま、携帯電話を手にした。

『はい。田宮ですが』

見慣れない番号に不審さを滲ませつつも律儀に返してくれた声に、志水は懐かしさを覚える。角がとれて、随分とやわらかくなったような印象を受けた。

「ご無沙汰《ぶさた》してます」

名乗る前に、息を呑む気配が伝わってくる。その後、田宮は間違えずに志水の名前を口にした。

『志水さん。あれからどうされていたのか、気になっていたんですよ』

懐旧と、わずかに責めるニュアンスがその声に混じる。田宮に暇《いとま》を申し出てから携帯の番号も変え、連絡ひとつ入れなかったのだから当然だった。

ひとりの知人もいない田舎町に引っ越した志水は、それまでの交友関係を一切断ち切り、今日までやってきた。たったひとりを除いては。

陽一が店を持つまでになったと連絡をくれたのは、mariposa のマネージャーである河野だ。河野にだけは携帯電話の番号を伝えてあった。

陽一の様子を教えてもらうためだったが、さすがに桐嶋が見込んでいた男だけあって河野の口は岩のように堅く、誰にも志水の行方が知れることはなかった。

河野から電話がかかってきたのは、この三年足らずで三度ほど。

陽一が mariposa のナンバー1になったときと、店を辞めて独立することになったとき。それから、陽一のクラブがオープンする日時が決まったときだ。

「すみません。不義理をして。いまはのんびりと田舎で塾講師をしています」

『そうですか。お元気そうでよかった』

心からの言葉に、志水は口許を綻ばせる。

田宮も元気そうだ。それに感情を表すすべも以前よりはずっとうまくなっている。

「伊佐くんも元気ですか」

志水の問いかけに、田宮の声音が少しだけ弾んだ。

『ええ、とても。いま現場に出ているので、あと一週間ばかり留守ですが』

ふたりがうまくやっていることは、改めて聞いてみるまでもない。伊佐のことを話す田宮の優しい口調で十分だった。

「留守とは寂しいですね」

田宮が言わなかったことを志水が言葉にすると、田宮が吐息をこぼした。寂しいと口で肯定する以上に、田宮の感情が込められている。

『結局、東吾から一度も連絡がないですし』

伊佐の留守が、桐嶋の不在をいっそう意識させるのだろう。桐嶋と田宮は、複雑なぶんだけ絆《きずな》の強い兄弟だった。

突然兄に消えられて、その後連絡ひとつなく、田宮はいまだ戸惑っているようだ。

『ときどき考えるんです。東吾はどうしていなくなったのかって。いままで培ってきたすべてを捨てて消えるなんて、尋常じゃない。他に方法はあったはずです。嵯峨野さんが使っていた組員が瀬ノ尾さんを傷つけたんでしょう？　それを楯にすることも不可能じゃなかったと思います……いえ、ふたりとも大人なんだから、なにも逃げなくても……』

何度も何度もくり返し考えてきたにちがいないと、田宮の様子から察せられる。田宮は弟であるがゆえに、桐嶋を理解しようとする一方で、電話ひとつ寄越さない兄の薄情さをどうしても許せないらしい。

「もう必要なくなったんじゃないですか？」

弟の田宮にわからないものが、志水にわかるはずがない。けれど、想像するのは自白だ。

「本当に欲しいものが手に入ったときには、他のものなんて色褪せて見えるものでしょう？　全部いらなくなったんじゃないですか。もっとも僕にはできませんが。根が欲張りなので」

勇気もなかった。拾うことは容易くても、捨てるのはなかなか困難だ。捨てたつもりで捨て切れなかったものを、いつの間にか両手ですくっている自分に気づかされる。

「それにほら、便りがないのが元気な証拠っていうでしょう？」

志水の軽口に、田宮は不服そうに喉を鳴らした。

『——便りを待っているほうの気も知らず——志水さんも同じです。突然連絡がつかなくなって心配しました』

田宮に咎められ、志水は笑った。

「すみません。でも、未練がましく戻ってきました」

桐嶋のような生き方はできない。中途半端に消えてみせたところで所詮《しょせん》真似事だ。

それでいいのだろう。

志水にはまだ両手ですくいたいものがこの場所にある。過去を思い出にするには早すぎる。

それを認めることができただけでも、二年と十一ヶ月は意味のある月日だった。

いや、河野に連絡先を教えたあのときから、すでにこうなることはわかっていたような気がする。未練があるから、完全に断ってしまえなかった。

その未練のほとんどは、たったひとりに向けられたものだ。

『志水さん。もしお時間があるならこれからうちに来られませんか？』

不義理をしたうえに突然電話をかけた非礼にもかかわらず、田宮は以前と同じように親しく接してくれる。ありがとうと礼を言ってから、志水は辞退した。

「またの機会にします。たぶん、これから僕に会いにくるひとがいると思うので」

『たぶん？』

訝しげに反芻《はんすう》されて、志水は笑みを深くした。

「はい。たぶん」

志水のあやふやな返答を変に思ったはずだが、田宮は問い質そうとはしなかった。近いうちにと約束をして、電話を終えた。

携帯電話をジャケットのポケットにしまう。こうしている間にも新人ホストは店に帰りつき、オーナーに花束を渡していることだろう。誰かわからないけど、通りすがりの男がオーナーにって——そう告げた青年に、彼はどんな男だったかとは質問しない。きっとすぐに気づく。

どこでと受け取った場所を問うとその足で店を飛び出し、息を切らして走ってくる。せっかく整えた髪が乱れるのも構わず、全力疾走で。

人混みなど関係ない。どれほど大勢の人間の中からでもすぐに志水を見つけてしまう。志水の姿を前にして、二十四にもなって顔をくしゃりと歪めた彼に、昔と変わらず五センチ低い位置からすがるような目で志水を見てくる。

そして、いまにも泣き出しそうな声で志水の名を呼ぶのだ。

昔と同じように。

「先生！」

背中にかけられたその声に、志水は双眸を細めた。深呼吸をしてから、息せき切って駆けてくる男を振り返る。

いまにも泣き出しそうな必死な顔。

想像していた通りの顔だ。

その表情を間近にすれば、胸の奥に火が点《とも》る。温かさを感じて自身の胸に手をやり、志水は思わず吹き出した。案外、単純な己がおかしかったのだ。

周囲が色褪せて見える。

ただひとり、陽一だけが光輝いていた。

あとがき

こんにちは。シリーズ三作目なので、初めましてという方はいらっしゃらないかと思いますが、うっかり手にとってしまわれた方は、できれば前二作もよろしくお願いします。と、いきなり宣伝から入らせていただきました。

ところで、花粉はいかがですか？

ええ、私はへろへろな毎日を過ごしています。毎年のことですが、憎いヤツが飛び回っているせいですよ。

今年はことさら咳き込みがひどく、一度出始めたら止まりません。ただでさえ体力がないというのに、日々吸い取られていくようです。本来春は素敵な季節のはずなのに、これがまだ続くのかと思えば、暗い気持ちになります。

なんというか、この時期のあとがきは花粉のことばかり書いているような気がするのですが、実際、花粉のことばかり考えていますよ。今日は多いか少ないか、私にとっては死活問題です。

本来なら、オープン戦も始まり愉しいはずなのに。

そう！　今年はまた格別なのですよ！　なんといってもパイオニアがメジャーのマウンド

に立つべく不死鳥のごとく帰ってきました！　もう、嬉しくてたまりません。

ＭＬＢの開幕がとてもとても愉しみです。

もちろん、オールドルーキーの活躍も期待しているので、私的には身体はよぼよぼでも心は弾んでいるという状態です。

さておき、天使シリーズ三作目にして、完結編です。田宮のお世話係である志水のお話になります。ここから先は微妙にネタバレも含みますので、そういうのが厭な方は本編のあとに読んでいただけるとありがたいです。

天使シリーズは、三作主人公が変わるのですが、いつもとはちがった手法をとっているので、私にとってはちょっとしたチャレンジ？　になりました。

「啼く夜」で軸となる出来事のネタふりをして、それを中心に各カップルを動かしていくというものです。同じ出来事に対して各々のキャラのスタンスや考え方の差を出していくという目的だったのですが――メインテーマは、「啼く夜」の中で志水が伊佐に対して言った言葉になります。野暮なので、どれかは書きませんけど。

しいて言えば、田宮は「囚われる」ひと、桐嶋は「守る」ひと、志水は「見届ける」ひと、という位置づけでしょうか。

普段、主人公の変わるシリーズものを書くときは、全体的な雰囲気を統一しつつ、カップルごとにイメージを変えることに心血を注いでいるのですが、今回は、そのイメージも合わせるという初の試みもしています。

じつは、三作落とし方も揃えているのですが……ちょっとやりすぎたかな、という感もあり……いやでも、初試みなので。

にしても、この「片羽」は年月を跨いでるし、前作を読んでいなければさっぱりわからないところもあるという不親切な本になってしまっているかもしれません。

もうちょっとどうにかできたんじゃないかという部分や、その他問題点もありますが、今後の課題ということで精進します。

シリーズ通してイラストを担当してくださった奈良先生には、本当に素敵な六人を描いていただいて、とても感謝しています。ありがとうございました。今回のカバーイラストも本当に素晴らしくて、申し訳ないくらいです。

担当さんも、毎回作業が遅くてすみません。できるだけご迷惑をおかけしないよう努力します。ごめんなさい。

そして、三作とも手にとってくださった読者様にも心から感謝を。本当に本当にありがとうございます。このシリーズを含め、自分の中でちょっと変なテーマを掲げてしまうこともある私ですが、今後もまったりとおつき合いくださるととても嬉しいです。

ではではこれにて。また近いうちにお会いできることを祈って。

高岡ミズミ

✦初出　天使の片羽……………書き下ろし

高岡ミズミ先生、奈良千春先生へのお便り、本作品に関するご意見、ご感想などは
〒151-0051 東京都渋谷区千駄ヶ谷4-9-7
幻冬舎コミックス　ルチル文庫「天使の片羽」係まで。

幻冬舎ルチル文庫
天使の片羽《かたは》

2008年3月20日　第1刷発行

✦著者	高岡ミズミ　たかおか みずみ
✦発行人	伊藤嘉彦
✦発行元	株式会社 幻冬舎コミックス 〒151-0051 東京都渋谷区千駄ヶ谷4-9-7 電話 03(5411)6432[編集]
✦発売元	株式会社 幻冬舎 〒151-0051 東京都渋谷区千駄ヶ谷4-9-7 電話 03(5411)6222[営業] 振替 00120-8-767643
✦印刷・製本所	中央精版印刷株式会社

✦検印廃止

ISBN978-4-344-81293-2　C0193　Printed in Japan